KB169702

밤으로의 자전거 여행

라이언 앤드루스 | 조고은 옮김

F

에이아이에게

밤으로의 자전거 여행

펴낸날 초판 1쇄 2021년 3월 25일 | 초판 3쇄 2023년 7월 10일
지은이 라이언 앤드루스 | **옮긴이** 조고은 | **펴낸이** 신형건
펴낸곳 (주)푸른책들 · **임프린트** 에프 | **등록** 제321-2008-00155호
주소 서울특별시 서초구 양재천로7길 16 푸르니빌딩 (우)06754
전화 02-581-0334~5 | **팩스** 02-582-0648
이메일 prooni@prooni.com | **홈페이지** www.prooni.com
인스타그램 @proonibook | **블로그** blog.naver.com/proonibook
ISBN 978-89-6170-801-2 03840

THIS WAS OUR PACT by Ryan Andrews
Copyright © 2019 by Ryan Andrews
All rights reserved.
This Korean edition was published by Prooni Books, Inc. in 2021 by arrangement with First Second, an imprint of Roaring Brook Press, a division of Holtzbrinck Publishing Holdings Limited Partnership through KCC(Korea Copyright Center Inc.), Seoul.
이 책은 (주)한국저작권센터(KCC)를 통한 저작권자와의 독점계약으로 (주)푸른책들에서 출간되었습니다.
저작권법에 의해 한국 내에서 보호를 받는 저작물이므로 무단전재와 복제를 금합니다.

*잘못된 책은 구입한 곳에서 바꾸어 드립니다.
*KC마크는 이 제품이 공통안전기준에 적합하였음을 의미합니다.

F Fall in book, Fan of literature. 에프는 종이책의 새로운 가치를 생각하는 푸른책들의 임프린트입니다.
에프 블로그 blog.naver.com/f_books

1장

추분 축제

우리는 간단한 규칙 두 개를

지키기로 약속했다.

규칙 1:
아무도 집에 돌아가지 말 것
얘들아, 서둘러!

규칙 2:
아무도 뒤돌아보지
말 것

준비!
번쩍 들고
떨어트려!

매년 우리는
수백 개의 종이 등을
강물에 띄워 보낸다.
추분 축제에서
열리는 큰 행사였다.

그리고 매년 우리는
다 같이 자전거를 타고
강물에 떠내려가는
등불을 따라갔다.

산길을
따라 내려가며
우리는 등불이
물결을 따라
흔들흔들 흘러가는
모습을 지켜보곤 했다.

그러다
저 멀리
세월에 깎인 바위
근처에 도달하면,
되돌아서 헉헉대며 오르막길을
올라 집으로 돌아갔다.

그러나 올해는 달랐다.
올해 우리는 기필코 알아낼 것이다…

그 등불들이 실제로는
어디로 가는지!

그 등불들이 정말
옛날 노래 가사처럼
하늘로 날아가
별이 될까?

정말 아무도 모르는
수천 년 된 동굴로
사라질까?

아니면 그냥 강바닥으로
가라앉고 끝이라는 사실을
밝혀내게 될까?

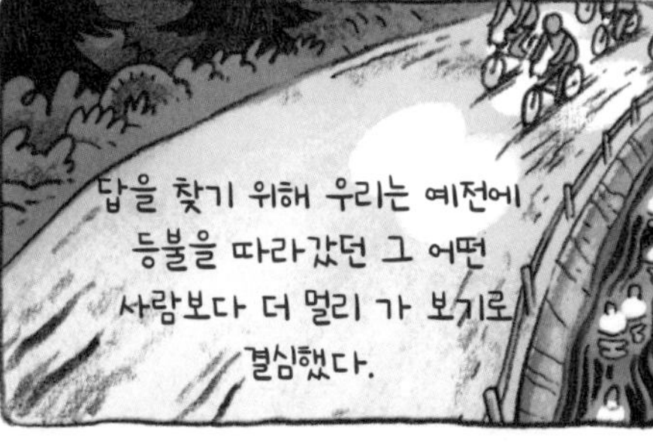
답을 찾기 위해 우리는 예전에
등불을 따라갔던 그 어떤
사람보다 더 멀리 가 보기로
결심했다.

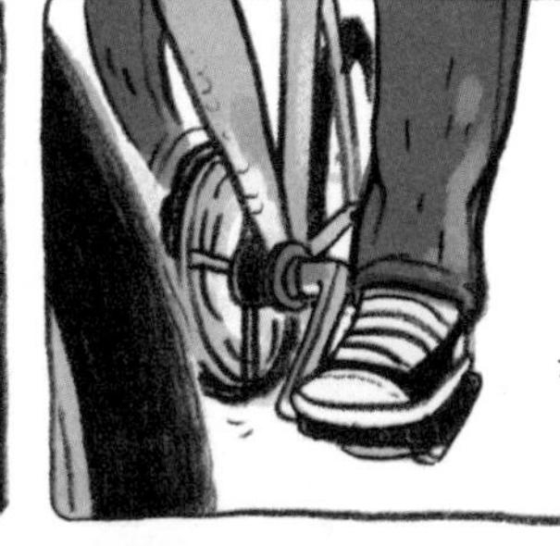
아무리 멀어도
끝까지
갈 거야.
끝을 넘어서까지
가야지.

어이!
잠깐만,
얘들아!
?

저 녀석이
웬일이야!
아, 이런…

너새니얼이었다.
좀 천천히 가!

아빠끼리 아주 친한 사이여서, 우리도 친하게 지내길 바라는 눈치가 역력했다.
기다려!

너새니얼이 싫은 건 아니었다. 그건 아니지만… 아무도 그를 좋아하지 않았다.
엄마가 달콤한 과자 간식을 싸 주셨어!

으익, 달콤하다고?
우릴 따라잡을 수 있으면 받아 주지!
쟤네 엄마가 독을 탔으면 어떡해?
그냥 다 뺏은 다음에 쟤는 놓고 가자.
하지만 저건 먹으면 안 돼! 천천히 고통스럽게 죽고 싶지 않다면 말이야!
그래서 나까지 놀림을 당하게 될까 무서워 그와 친구로 지낼 용기를 낼 수 없었다.

꾸르륵

오잉?

잠깐! 잠깐!
마이키가 멈췄어!

끼이이이
끼이이이
끼이이이이이이이
끼이이이

왜 그래?
그래, 무슨 일이야, 마이키?

설마 여기서
그만두려는 건
아니지?

까악!

오늘 타코
먹는 날이란
말야.

타코라고?
그게 뭐?
맞아. 그래서
어쩌라고, 마이키?

어쩌라고라니?
타코 먹는 날은 어마어마하다고!
크리스마스보다 신난다니까! 그걸 놓치는 건 있을 수 없는 일이야!

내 말 좀 들어 봐. 너희도 솔직히 배고프잖아.
오고 싶으면 집에 가는 길에 우리 집 들러도 돼. 우리 부모님은 항상 음식을 엄청 많이 만드시니까. 분명 너희들에게도 나눠 주실 거야.

그거 솔깃한데.

그러나 애덤은 거부했다.
진심으로 하는 소리야? 우리 약속은 하나도 중요하지 않고?

지이이이이잉

하지만…
깜빡
깜빡
깜빡

타코 먹는
날이라서.

부모님께
네 몫으로 한 접시
남겨 두라고 할게.
혹시 모르니까.

우리는 그를 보내 줬다.
길게 실랑이할 시간이 없었다.

우리도 배가 고팠지만, 그래도
계속 달려야 했다.

바삭하고 매콤한 멕시칸 요리가
머릿속에서 춤을 추는 바람에
허기의 괴로움은 더욱 심해졌다.

친구 버리고 음식을 택하는 사람이 어디 있냐?
그게 친구야?

먹다 목에나 콱 걸려라!
얘들아!

이제 네 명밖에 안 남았잖아. 완전 닌자 거북이 같지 않아?
그럼 내가 라파엘로 할래!
내가 찜!

너새니얼도 있으니 다섯이라고 내가 말을 꺼내기도 전에…
너새니얼이 크랭 하면 되겠네!
크랭은 동그렇게 머리만 크잖아!

걔 아직도 뒤에 있어?
몰라, 넌 보여?

세상에, 저기 있네!

너새니얼! 포기하고 그냥 집에 가!

그래! 우릴 계속 따라오고 싶으면 우리 집에 오는 베이비시터보다 빨라야 할 거야!

그때 바로 돌아서서 떠났어야 하는데 부끄럽게도 그러지 못했다.
하하하

괜히 쓸데없는 생각
심어 주지 마!
우리가 끼워 주고
싶어 하는 줄 알면 안 된단
말이야. 그러면 맨날 찾아와서
게임 같이 해도 되냐고
물어볼 거라고.

동생 새미랑 같이 게임해야
하는 것도 가뜩이나 귀찮은데
말이야.
손 좀
치우라고!

그러곤
자동차 경주 게임의
과학적 원리에 대해
구구절절 설명하겠지.

그렇게
계속 같이 놀면…

쟤의 이상한
성격이 너한테도
옮기 시작할 거야.

그럼 우린
너랑 그만 놀 수밖에
없어.

너새니얼에게도 이 얘기가
다 들렸을 텐데
그래도 그는 계속
따라왔다.
놓치지 않으려고
최선을 다하고
있었다.

오히려 안전한 거리를
유지하려고 했는지도 모른다.
확실히 알 수 있는
방법은 없었다.

자동차 게임 2편은
2인 플레이도
가능할까?

오래된 교회를 지날 때쯤
엘리엇이 사라졌다.

이유를 얘기하지도
않았다.

그냥 조용히 자전거를
돌리더니

그렇게 돌아갔다.

하지만 우리는 계속 달렸다.

드디어
토드 캐니언 다리에 도착했다.

부모님들이 절대 건너가면
안 된다고 신신당부를 했던
그 다리였다.

그냥 확 건너자.
망설일 필요 없어.
부모님 말씀도
날 막을 순 없었다.

그렇지만 애덤과 새미는
호되게 야단을
맞으리라는 두려움에
멈춰서고 말았다.
벤, 여기서 더 가면
안 될 것 같아.

뭐?

아빠가 불같이 화낼 거야.

장난이지? 우리가 벌써 얼마나 멀리까지 왔는지 보라고!
우리 아빠 어떤 분인지 잘 알잖아.
?

건너면 안 돼. 그럼 정말… 큰일 나. 알았지?

네가 다리를 건넜는지 어쨌는지 너희 아빠가 어떻게 아신다고 그래?
다 알아. 우리 아빠는 무조건 알아내.

귀신같이 알아내는 능력이 있단 말이야.

그래,
알았어.
근데…
만약에…
계속 등불을 따라갔더니
아름다운 인어들이 가득한
동굴을 만나게 되면 어쩔래?

누가 봐도 심각하게
고민 중.

그 광경을 놓치면
평생 후회할걸.
얼마나 아깝겠냐.
너희 둘 다
말이야.

그래도 영원히 외출 금지
당하는 것보단 낫겠지.
그냥 후회하고 살게.

무슨 수를 써도
그들의 마음을
돌릴 수는 없었다.

췟, 나도 너희
필요 없어!

혼자서
탐험하면 되지.

끼이이이익
생각은 그렇게 했다.

어이.
이제 우리 둘만 남았나 보네.

여기서 보니까 등불이 완전 쪼끄맣다.
여기 높이가 얼마나 될까?

몰라.

10…
12미터?
수면에서부터?
아니면 강바닥에서부터?

몰라. 그냥 어림잡아 말해 봤어. 아무렴 어때?
12미터…

무서울 정도로 한참 떨어져야 하네.

이번에 새로 생긴
우주 캠프에서 받은 패치
보여 줬나?

두 개나 받았어.
갖고 싶으면
너도 하나 줄게.
우주 캠프
1991
여름
내 가방 앞면을 패치로
꽉 채워야겠어.
몇 년 지나서 가방이 완전히 패치로
뒤덮이면 엄청 멋있겠지.
NASA
나사
허블 우주 망원경

화성 탐사대 패치가
나온다고 해서 벌써 우편으로
주문해 뒀거든. 곧 있으면
네 개 모으는 거야.

너 엄청
조용하다.

그래서?
아무도
약속을
안 지켜서
속상한가 봐.

너도 알고
있었어?

어흠!
아무도 집에
돌아가지 말 것!
아무도
뒤돌아보지
말 것!

이거지?

그렇게 가슴에
손을 얹지는
않아도 되지만,
그래, 맞아.

앗, 그렇군. 어쨌든 너희들이
학교 끝나고 큰 나무 밑에 모여서
계획을 세우고 있을 때 들었어.
그때 내가 너한테
손 흔들었잖아.

벤!
좋아.
근데 그러려면
진지하게
약속해야 돼.

그래. 무섭다고 징징대면서
도망가기 없기.
...

나도 할게.

그 약속 문구가 좀 웃기긴 해. 그치?

뭐가 웃긴데?

'뒤돌아보지 말라'는 거 말야. 방금 전에 너도 고개를 돌려서 나를 봤으니 약속을 깬 셈이잖아.
아, 그거.

그리고 만약 뒤에서 뭔가 폭발하는 소리가 들리면 어쩌려고?
정말로 뭐가 폭발했는지 돌아보지 않을 수 있단 말이야?

너무 곧이곧대로 생각하는 것 같아.
그 약속은 그러니까… 포기하지 말라는 뜻이지. 결심을 끝까지 밀고 나가자, 이 말이야.
내 생각엔 그래.

그렇구나…
그럼 왜 '아무도 집에 돌아가지 말 것',
'아무도 포기하지 말 것'이라고 하지 않았어?
나도 몰라! 입에 잘 안 붙으니까?
그리고 별로 공식적인 느낌도 아니잖아.

아, 물어보길 잘했다! 그럼 뭔가 근사한 게 나타나면 돌아봐도 되지?

어, 물론이지.
하고 싶은 대로 해.
그럼 너도 같이
가겠다는 말이야?
나도 방금
그 신성한 약속을
크게 외쳤잖아,
안 그래?

2장
낚시꾼 곰
엄마가 챙겨 준
과자 먹을래?

유기농이야.
마음껏 먹어도 돼!
나는 배가
너무 고팠다.

음…

하지만
일단은
거절했다.
괜찮아.
거기 독이 들었다든가 하는
얼토당토않은 말 때문이 아니라

글쎄… 과자를 얻어먹으면
너새니얼에게 따라와 줘서
기쁘다는 인상을 줄지도 모른다고
생각했던 것 같다.
좋을 대로 해.
내가 다 먹어야지!

그 순간 우리는 그를 발견했다.

안녕?

꿀꺽

나는 황급히
페달을 밟았다.

아무래도 이 한밤중에 곰과 대화를 시작하는 건 현명한 일이 아닌 듯했다.

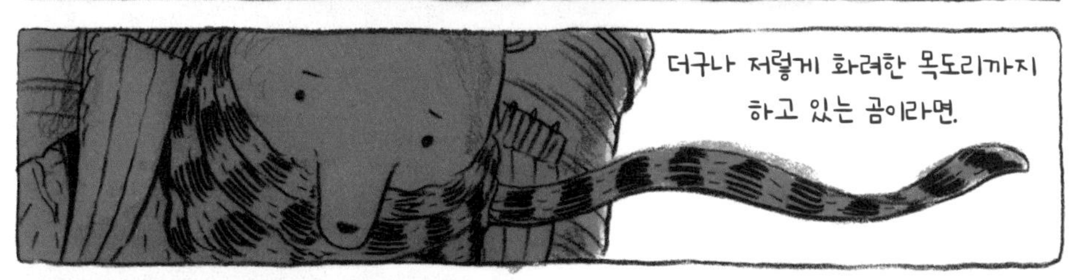
더구나 저렇게 화려한 목도리까지
하고 있는 곰이라면.

하지만 나만
그렇게 생각한
모양이다.
안녕!
나는
너새니엘이야.

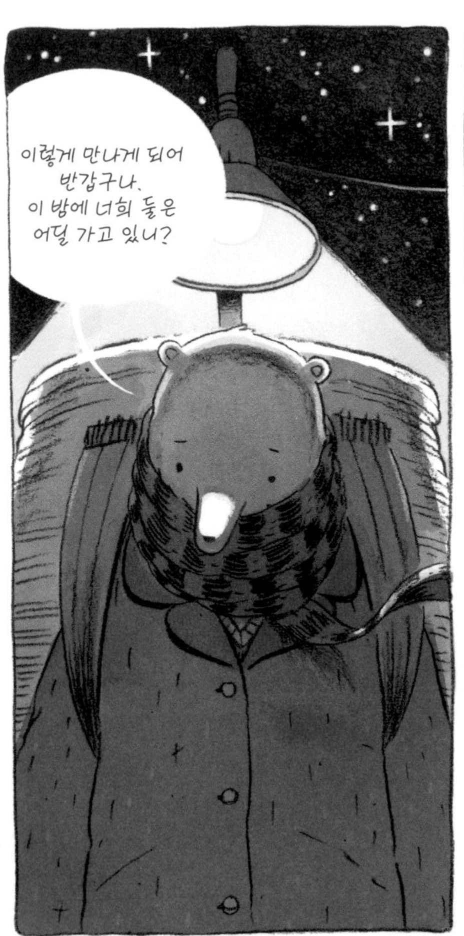
이렇게 만나게 되어
반갑구나.
이 밤에 너희 둘은
어딜 가고 있니?

?
응.

우린…

우린 말이지…

우린 그 누구보다도
멀리까지 가 보려고
하는 중이야.

그래?

좋아!
그렇다면 너흰
운이 좋구나!

이 길이 바로 그 길이거든!
하 하 하

...
그럼…
그 커다란 바구니에는 뭐가 들었어?
응?
아! 이 낡은 녀석 말이야?
뻔하지 않아?
그 순간 무서운 기분에 휩싸였다.
만일…
만일…

저 바구니 속에
아이들이 잔뜩
들어 있다면?!
그리고 만약에 우리가-
다음
사냥감이라면?!
안 돼애애!
너도
잡혀 왔구나?
안 돼애애애!

아니,
전혀
뻔하지 않아.

그래서
물어본 거야.

세상에!
내가 사과할게!

이건 당연히
내가 잡을 물고기를
담을 바구니지!

그러나 이 강에는
한 번도 물고기가
산 적이 없었다.

우리가 여기서 수십 번이나
낚시를 해 봤지만
물고기가 잡히긴커녕 지나가는 걸
본 적도 없었다.

의심은 더욱 커졌다.
여기엔
물고기가
없어. 적어도
이 강에는.

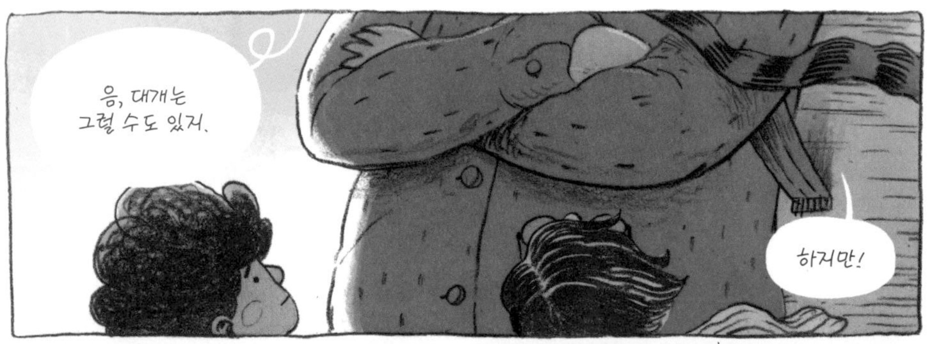
음, 대개는
그럴 수도 있지.
하지만!

잠시
실례할게.
이봐!

저 아래
반짝이는 거
보이지?

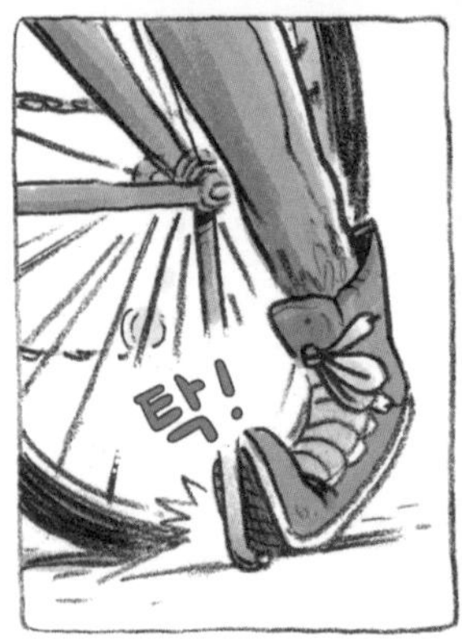
탁!

아!

저건
우리가 띄운
등불이야!

응?
등불이라고?

무슨 말이야?
추분 축제에서
띄워 보냈어. 우리도 저걸
따라 강을 내려왔어.

저런, 너희들 분명
뭔가 잘못 알고 있어.
저건
등불이 아니야.
물고기라고!

이 강에서 저 멀리까지
헤엄치는 중이지…

그래서 별이
되는 거야.

옛날 노래처럼?
물고기에 대한 노래가 있어?

잠깐, 그럼 저게 진짜 물고기야?

그럼, 그렇고말고!
더 가까이 가서 살펴봐야겠어.

하지만, 오늘밤에 하늘로 올라가기로 했다니 안타까운 일이지…
헉!

그게 왜 안타까워?

음, 지금까지는 저 산등성이가 보름달을 잘 가려 주고 있었지만…
머지않아 달이 완연히 얼굴을 내밀면 달빛에 가려 별들이 거의 보이지 않을 테니까.

물고기들이 집으로 돌아가는 길을 잘 찾을 수 있길 바랄 뿐이야.

물고기 말이 나와서 말인데…
지금 보니까 어때, 너새니얼?

음… 글쎄.
여기서 봐도 별로 물고기 같지 않은데.
그래?

귀를 기울여 봐! 물고기들이 튀어오르는 소리가 저녁 종소리처럼 선명히 들릴 거야!

그래서 우린 귀를 기울였다.
강물이
굽이치고
흘러가는
소리 속에서
우리는 억새가
사르륵사르륵
흔들리는 소리를
들었다.
까마귀가
까악깍 우는 소리
그리고 지나가는 기차의
부드러운 메아리.
하지만 물고기가
튀어오르는 소리는 없었다.
단 한 번도.

똑

자, 그럼.
똑

후우우우우

그 옛날 노래는 뭐야?

불러 달라는 말이야?
노래라면서, 아닌가?
근데 나는 노래 정말 못해.
그럼 불러 주진 않아도 돼. 무슨 내용인지만 알려 줘.

거대한 물고기를
낚았대!

첨벙

그동안 장인의 딸은
근처 나무 뒤에 숨어 그 일을 내내
지켜보고 있었어.
아빠가
강물에 빠지는
모습도 다 봤지.
하지만 너무
겁이 나서 도울 수가
없었어.
그저 아빠가 물고기에
끌려가는 걸
바라볼 뿐이었지.
끔찍한
일이야.

끼어들어서
미안한데,
애초에 그 딸은
왜 숲속에
숨어 있었던 거야?
그 이야기에선
그냥 처음부터
그랬어.
잠자코
좀 들어 봐!
어쨌든,
그날 저녁…
그가 하늘을
올려다보자…
강이 끝나는 곳
바로 위에 떠 있는
유독 환히 빛나는
빛이 보였어.
그의 아빠가
이 세상 첫 번째
별이 된 거야.
응, 그런
모양이군.

딸의 이야기를 듣고 마을 사람들은 몹시 슬퍼했어.
모두들 등불 장인을 정말 좋아했거든.
사람들은 그를 기리기 위해
특별한 추모식을 준비했지.
그리고 행사에 가져갈 등불을
수없이 많이 만들었어.
가을이 시작되는 첫날,
사람들은 등불을 가지고
다리에 모여 강물로 낚싯줄을
하나씩 드리웠어.
그러면 지나가던 물고기가
미끼를 물 때마다 등불이 하나씩
강물로 떨어졌지.
그날 천 개가 넘는
등불이 강물에 떨어져
흘러갔다고 해.
맞아. 그리고
정확한 수는
아무도 모르지만,
그들이 강에 살던
물고기를 한 마리도
남김없이 다 잡았대.
아마 수만 마리쯤
되겠지.

마을 사람들은
그렇게 작별 인사를 마치고
집에 돌아갔어.
그러나 등불 장인의 딸은
다리에 남아서 계속 눈물을 흘렸지.
울고 또 울고,
아마 최소한 몇 시간은
족히 울었을 거야.
아마도 아빠 없이는
도저히 살 수 없다고 생각했겠지?
잘은 모르지만, 그 후에 차디찬
강물로 뛰어들었어.
강물에 떠내려갔고,
그렇게 자취를 감췄어.

그런데 마을 사람들이
잠자리에 들 준비를 마쳤을 때쯤,
누군가가 밖으로 나와 보라고 외쳤어.
그들이 고개를 들자,
머리 위로 흘러가는
빛의 강이 보였지…
그리고 동쪽에서 새하얀 달이 환하게 떠오르고 있었어.

그 후로 매년 하늘에서
흐르는 강이 마을의 강과
나란히 놓이는 날에…
사람들이 등불에 물고기를 그려
강 아래로 띄워 보냈지.
흘러가서 하늘의 강과
만날 수 있도록 말이야.
그리고 그 행사는
오늘날까지 이어지고 있어.
멋지다!
이야기를 좀 더 근사하게 들려주는 법을 연습하면 좋겠지만, 정말 수고 많았어.
근데 궁금한 게 있어.
내가 그 노래에 나와?

공이 등장하는
부분은 없었던 것
같은데.
그렇구나.

그럼 뭘 좀 추가할
방법을 생각해
봐야겠네.

그러니까 길고 자랑스러운 우리 낚시꾼 곰의 역사 등등을 넣어 줬으면 좋겠어.

1절을 더 추가하거나 할 필요도 없어. 그냥 한 줄만 넣어 줘도 좋아.

물론 두 줄이면 제일 좋지.

우리 선생님께 말씀드려 볼게.
하지만 솔직히 말하면, 그 노래는 곰의 자랑스러운 역사에 대한 가사를 추가하지 않아도 이미 충분히 길었다.
가사를 쓸 때, 곰들이 수백 년 동안 이곳에 찾아와 물고기들이 집으로 돌아가기 직전에 물고기들을 잡았다는 내용을 꼭 담아 줘.

그게 무슨 말이야?

긁적 긁적

뭐가?

지금 방금 한 말.

우리 낚시꾼 곰의 조상 얘기?

아니, 아니. 물고기들이 집에 간다는 이야기. 물고기의 집은 이 강 아니야? 아니면 바다라든가.
왜 별이 있는 하늘로 가?

정말 너희 학교에서는 가르쳐 주는 게 별로 없구나.

별은 모든 생명체의 집이야.
우리 모두가 태어난 곳이기도 하고.

설마 너희 인간들은 이 사실을 전부 잊어버린 거야?

우리 몸을 이루는 원자는 수십억 년 전에 폭발한 고밀도 항성에서 왔다는 사실 말이야?

우리도 네 생각보다는 좀 더 많이 알고 있어.
우리 아빠들이 두 분 다 천문 관측소에서 일하시거든.

곰은 별로 대단하다고
생각하지 않는 듯했다.
가끔은 나도 그들과
함께 가고 싶어.
물고기
말이야.

세상에, 상상할 수
있겠어?

얼마나
근사할까…

무수한
별 속에서
헤엄칠 수
있다면?

하아.

아무도 자전거를
가져가지 않았어!
누가 가져갈
거라고
생각했었어?
혹시
모르니까.

하긴 집까지
걸어가기엔
너무 멀긴 해.
어휴, 생각도
하기 싫다.

그런데 말이야, 갑자기
어려운 부탁일 수도 있지만
내가 너희 자전거 중 하나를
얻어 타도 될까?
아무래도
상관없어.

진심이야? 너는 너무 무거워.
내가 페달을 밟을 수도 없을걸.
자전거도 망가질 테고.

좋아, 그럼 이렇게
하면 어떨까?
너희 중 하나가
일단 출발하는 거야.
나는
뒤따라가고.
그러다 어느 정도
속도가 붙으면,
내가 뒤에
올라타는 거지!
음, 그래도 자전거는
망가질 것 같은데.

내 자전거로
시도해 보자!
이건 아빠 자전거거든.
아빠는 덩치가 꽤 크니까,
어쩌면 가능할 수도
있어.

멋지다!
그러면
완전
액션 영화
같을 거야!

좋아!
준비됐어?
준비!
출발!

빨리!
더 빨리!

좋아!
좋아!
좋아!
이제 간다!

꽉 잡아!

우당탕

허리 펴! 허리 펴!

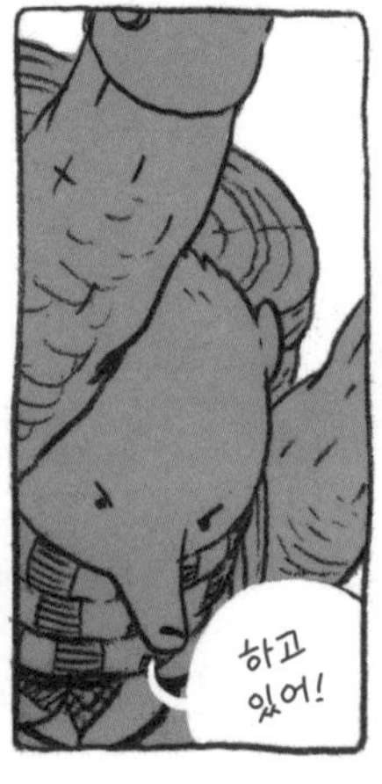
하고 있어!

콰당

좋아아았어!

우후우우우우우우!

이 속도로 가면
아이들 저녁밥 해 줄
시간에 맞출 수
있겠어!
정말 끝내준다!
아주 어렸을 때
빼고는 자전거
못 타 봤는데!

그 꼬맹이들 배가 많이
고플 텐데!

잠깐만!

응?

네 친구는
이름이 뭐야?
걔
이름은
베…

뭐라고? 안 들려!
더 크게 외쳐!
걔 이름은
벤이라고!

벤!
따라오려면 페달을
더 빨리 밟아야 해!

하하
하하하
하하하하하하

나는 있는 힘껏 페달을 밟았다. 그런데 거대한 곰을 뒤에 태우고도 어쩐 일인지
너새니얼은 계속 나보다 앞서 나갔다.

뒤처지면 안 돼, 벤!
안개가 짙게 깔리고 있어!

속도를 조금 늦춰야 하지 않을까?
무슨 소리!
전속력으로 달려야 해!

낚시할 장소가 머지않았어. 곧 보일 거야!

지금 뭘 찾고 있어?
우리 아빠가 물 위로 바위 세 개가 솟은 곳이 있다고 알려 주셨어! 금방 찾을 수 있다고 하셨는데!

네가 직접
본 적은 없고?
나도 이번이
처음이야!
드디어 아빠가
내게 자격을
물려주셨거든!
낚시꾼 곰이
나이가 들어 낚시에
나서기 힘들어지면,
그 임무를 가장 나이
많은 후손에게
넘겨줘야 해!

그게 바로
나지!

왜 그 전에 너를
한 번도 데려가시지
않았을까?
그러면 안 돼!
이 낚시는 전통적으로
반드시 혼자 가서 스스로
능력을 발휘하고 자기만의
길을 찾아내야 해!

그런 뒤 집에 돌아가서
이 세상에서 가장 맛있는
물고기 요리를 함께 나눠
먹으며 모두에게
자신의 모험담을
들려주는 거지!

나는 매년 아빠의
이야기를 들으며 자랐어!
그리고 이제 그 이야기가 전부
사실인지, 아니면 단지 우리 꼬마
곰들에게 친 장난이었는지
알아볼 시간이야!
우리 아빤 그러고도
남을 사람이거든!

그럼 어떤 면에선
너도 우리랑
비슷하네!
맞아! 우리 모두
우리가 바라는 것을
찾을지도 몰라!
그런데 물고기가 없으면
어떡해?! 전부 그냥
우리가 띄운 종이 등이면
어쩌냐고?!

그럼 아빠는 한바탕 웃음을 터뜨릴 테고,
앞으로는 다 같이 종이 등을 저녁으로 먹겠지!

하지만 난
우리 아빠를 믿어!

물론 아빠의 모험담이 심하게 과장되어 있긴 하지. 하지만 아빠가 집으로 가져온 물고기는 진짜였어! 그리고 아까도 얘기했지만, 우리는 오랫동안 대를 이어 이 일을 해 왔거든! 거의 400년 동안이나!

이 강은 우리 할아버지의 할아버지의 할아버지의 할아버지의 할아버지의 할아버지의 할아버지의 할아버지의 할아버지의 할아버지의 할아버지의 할아버지의 할아버지의 할아버지의 할아버지인 던컨 3세가 발견했어! 그분은 고도로 단련된 항해술로 혼자 힘으로 울창한 대자연을 지나 집으로 돌아왔지! 우리 곰들에겐 물에 대해서라면 경이로울 정도로 예민한 감각이 있거든! 적어도 옛날에는 말이야!
한 방법이 너무 많으니까!
번거롭게 뭐하러…
그냥 플라스틱 용기에
담아 자기
깨끗한
벤! 나뭇가지 사이로 비치는 저 달빛 좀 봐!

하하하하하하하하하하하!
?

하하하하하하

하하하하하하하하하하하하하하하하하하하하하!
네가 나보다 달에 대한 지식이 더 많다고? 그럴 리가!
실력을 보여 주지!

3장

그리고 우린 길을 잃었다

흠… 아빠가
설명했던 바위랑은
좀 다른 것 같은데.

하지만
저기 있는 게
그 강
아니야?
어디?
가서 보자!

아무래도 이건
호수 같은데.

확실해?
저 안개 속에
등불들이
숨어 있을 수도
있잖아.
나를 믿어.
아무리 봐도 물이
흘러가는 기색이
전혀 없다고.

지금쯤 오래된 지도의
도움을 받으면
딱 좋겠군.
실은 좀 더 일찍
봤어야 하지만
말이야.
풀썩
우리
길을 잃었어?

'길을 잃었다'고 말해야
하는지는 잘 모르겠어.
그냥 조금 멀리까지 온 것 같아.
아까 길이 갈라지던 곳에
낚시 장소가 있었는데 안개
때문에 놓쳤을 수도 있어.

뒤적
뒤적

아하!

하지만 걱정 마. 이 지도를 보면
우리가 어디 있는지 정확히 알 수
있으니까.

세 바위
한번 보자고!
근데 만지지는 말아 줘.
우리 집안의 가보니까.

여기가 우리 집이야.
참고로 봄에는 아주 아름답지.

여기 이 선이 그 강이야. 이 강을 북쪽으로 따라가기만 하면 돼.

그러면 여기 도착하는 거지.
세 바위

잠깐, 지금 장난치는 거야? 이 지도에는 강밖에 없잖아. 이걸로 어떻게 길을 찾아? 길은 어디 있어? 거대한 호수는 어디 있고?
음-

솔직히 말해서 그건 아무래도 상관없어. 우리는 지금까지 강의 서쪽 편을 달렸잖아, 그치?
그렇지.

그러니까 우리가 이 지도의 어디쯤에 있든 강에 도착하려면…
돌 돌 돌

동쪽으로 가면 돼.
탁

그걸 알고 있었다면, 굳이 왜 번거롭게 지도를 꺼냈어?
어느 쪽이 동쪽이지?
흠… 안개가 너무 짙어서 길을 안내해 줄 별이 보이지 않았으니까.
혹시 너희 나침반 있니?

난 없어. 벤, 너는?
나는 강만 계속 따라가면 되는 줄 알았어.
우리가 정말로 길을 잃을 줄은 몰랐지.

일이 복잡해지겠군.
내 아내가 바구니에 챙겨 준 생존 키트에 바늘이 있어.
하지만 나침반을 만들려면 자석이 필요한데.

나침반을 만들 수 있어?
누워서 떡 먹기지.
필요한 재료를 가지고 있기만 하다면.
쓱

얼마나 부실한 생존 키트길래 나침반도 없어?
그리고 항상 자석을 가지고 다니는 사람이 어디 있어?
나 자석 있어! 사실 두 개 있어!
그래?

내 가방에! 잠금 단추가 자석이거든!
훌륭해!
미안하지만, 그럼 하나를 떼어 내야겠구나.
하지만 가방이 망가지지 않도록 아주 조심할게.

협조 좀 해 줘, 벤. 우리 뒤에 있는 저 나무에서 나뭇잎 한 장만 주워 오면 좋겠는데.

하아.

좋아. 그냥 아무거나 집으면 돼?

응. 바늘을 올릴 수 있을 만한 크기이기만 하면, 아무거나 상관없어.
자, 이걸 봐, 너새니얼. 이 부분을 따라 뜯으면…

바느질된 부분만 자르도록 주의하고…

이제 거의 다 된 것 같은데…

나왔다!
POP!

툭!
짠!

벤! 나뭇잎은 잘 줍고 있어?

큰 거 찾았어. 그런데 너무 오래돼서 바싹 말랐어!
가져와!

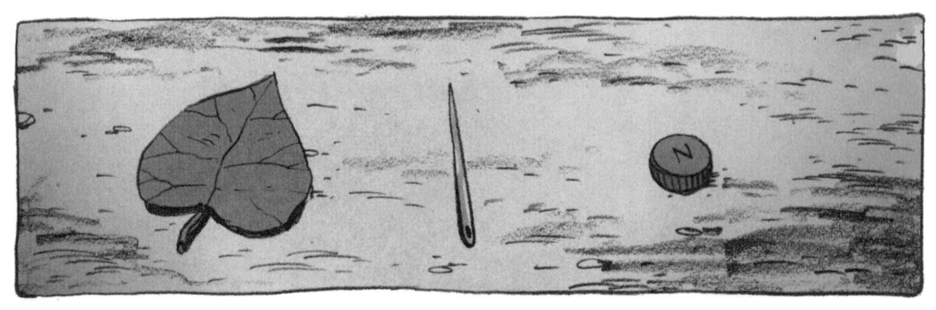

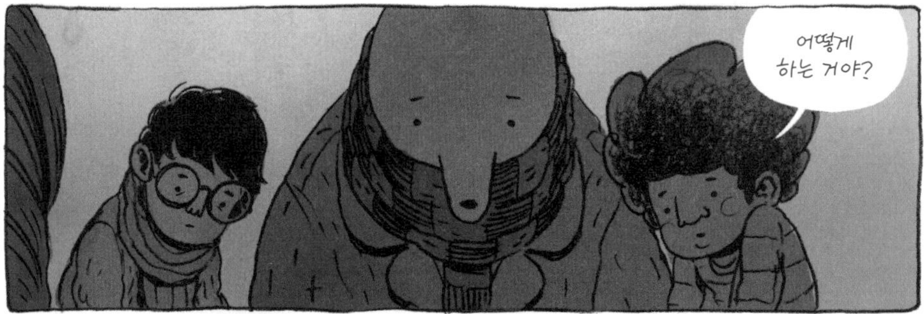
어떻게
하는 거야?

아하.
꽤 간단해.

1단계
자석의
북극 쪽으로
바늘의 한쪽 끝을 문지른다.

50번 정도면
충분해.

2단계
바늘을 나뭇잎에 똑바로
올려놓는다.

3단계로 가려면
물웅덩이가
있어야 해.
저기
있다!

3단계

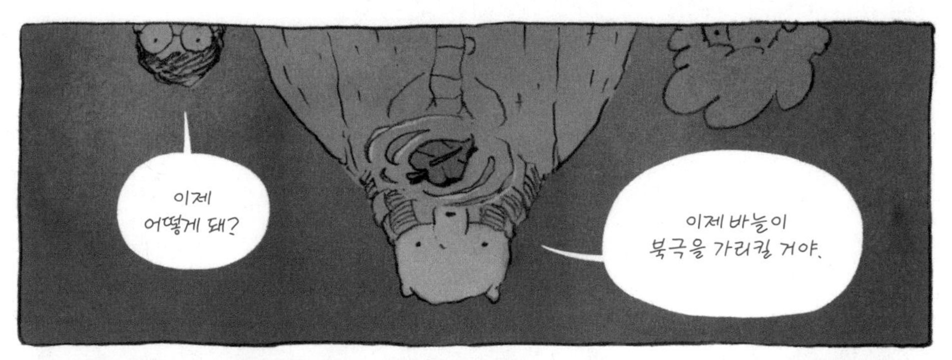
이제
어떻게 돼?
이제 바늘이
북극을 가리킬 거야.

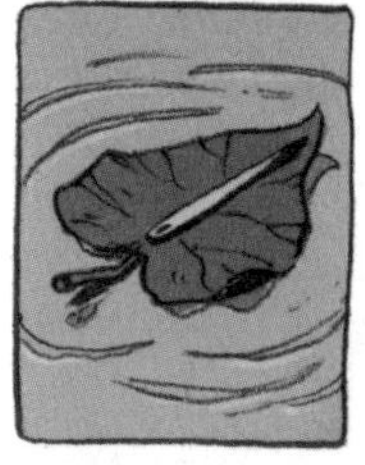

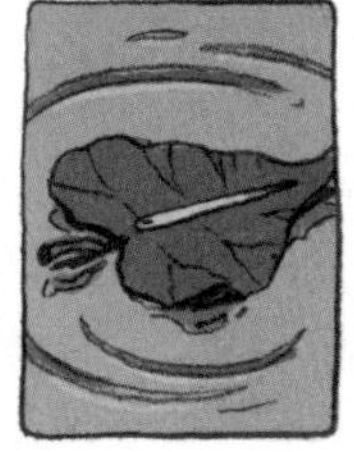

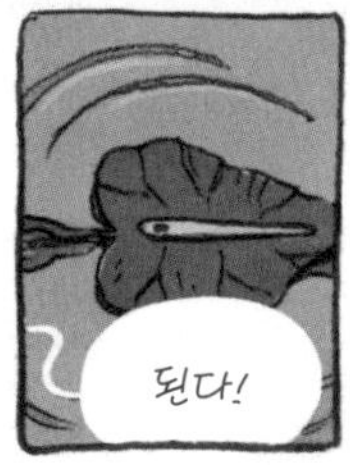
된다!

음,
당연히
되지.

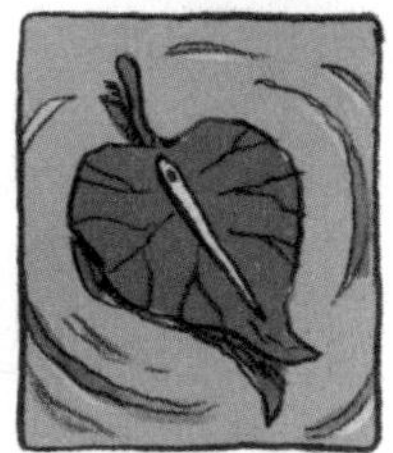

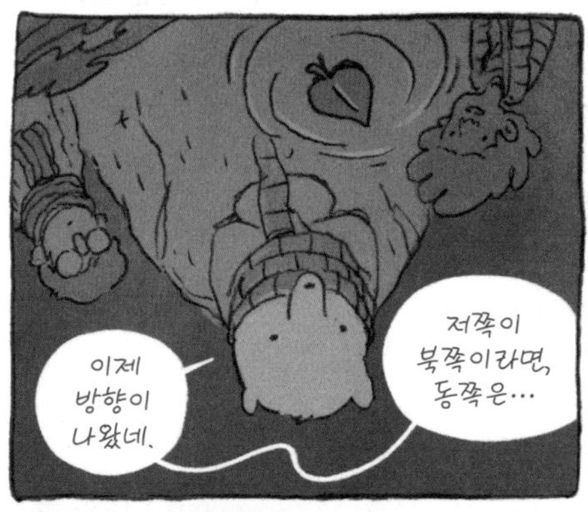
저쪽이
북쪽이라면,
동쪽은…
이제
방향이
나왔네.

이쪽이군.

나침반
만드는 법은
어떻게 알았어?
우리 아빠가
가르쳐 줬어.
아빠는 아는 게
상당히 많아.

발이 푹푹 빠지는
호수 옆 진흙 밭을 건너가는 일은
정말 힘들었다.
안 그래도 엉망인 기분이
점점 더 나빠졌다.

하지만 너새니얼과 곰은
결코 이 상황에 굴하지 않는 듯했다.

그들은 서로 수수께끼를 내거나 스무고개를 하면서 시간을 보냈다.
알았다!
행성상
성운이지?
우연히 찍어서
맞혔네!

심지어 안개 속에서
끝도 모르게 높은 절벽이 나타나 길을 막아도
그들의 기운은 꺾이지 않았다.
돌아가는 길이
분명히 있을 거야!

절벽을 타고
올라갈 수
있을지도 몰라!

!

나 지금 끝내주는 생각이
떠올랐어. 이게 만일
고대 소행성이 만든
분화구라면
어떨까?

쉬이이이

그럴 수도
있지. 공룡을
멸종시킨
바로 그
소행성일지도
몰라.

콰광!

정말로?

분화구를 실물로
본 적은 한 번도
없는데!
절벽에 끝까지
가는 사람은
멸종한다!

나는 절대
아니지!

먼저
출발해도
소용없어!

탁
탁

하!
무승부인가?
분명히
무승부였어,
그치?
후유.

내가 너보다
훨씬 뒤에서
출발한 거 알지?

벤!
너 멸종한다!

전혀 관심이
없나 본데?
?
어이, 이것 봐!
타고 올라가기
완벽해!
표면이 거칠거칠해서
절대 미끄러지지도
않을 거야.

우아, 너
잘 올라가는데!
암벽 등반은
어디서
배웠어?

특별히
배운 적 없어.
그냥
타고났나 봐!
그러네!

이 절벽만 넘으면
금세 목적지에
도달할 수 있을 거야.
강이 그렇게 멀리
있을 리 없잖아,
안 그래?
헉헉.

그렇지 않니,
너새니얼?
응.

나 좀
내려 줄 수
있어?

더는
못 가겠어.

정말 잘 올라가고
있었는데!
무슨 일이야?
막상
저 높이까지
올라갔더니,
손발이
얼어붙었어.
절벽을 넘는 건
그렇게 좋은 생각이
아니었나 봐.

넌 어떻게
생각해, 벤?

엄두도 안 난다고
생각하지.
그러다 떨어지면
어쩌려고?

하!
나는 절대
안 떨어져!
칫.

그럼 맘대로 해!
하지만 난 안 가.
약속 지키려다
목숨을 잃을 생각은
없으니까.

내 마음에 용기를
팍팍 불어넣어
주는군.
너는
올라갈 수 있을 것
같아. 넌 딱 봐도
훌륭한
등산가인걸.

음, 그렇게
보인다면,
내가 그런 사람이기
때문이지.

하지만 벤 말이 맞아.
벤과 내가 오르기엔
너무 높아.
그렇긴 하지…

하아.

음, 세상에. 너희 둘을 남겨 두고 가긴 정말 싫은데.
하지만 물고기를 잡는 일이 얼마나 중요한지 너희들은 제대로 이해하지 못하는 것 같아.
우리 선조들이 전부 지켜보고 있다고.

이렇게까지 옆길로 빠지게 해서 미안해.
집으로 돌아가는 길은 찾을 수 있겠어? 지금 돌아가는 편이 나을지도 몰라. 점점 추워지고 있으니까.
우리가 생각해 볼게.

그러고 보니, 넌 외투도 안 입었네! 정말 추웠겠는데!
괜찮을 거야.

안 될 말씀.

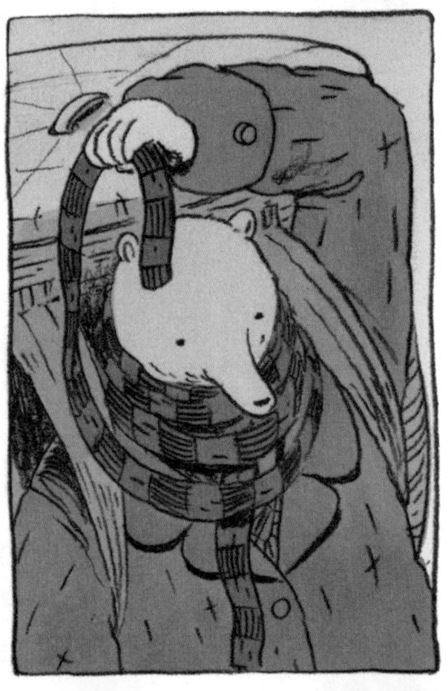

아내가 고급 털실로 떠 준 목도리야. 그래서 이렇게 모양도 근사하고 따뜻하기도 하단다.
그걸 내가 어떻게 받아!
아냐, 괜찮아! 이 목도리가 그렇게 훌륭한 일을 해냈다는 사실을 알면 아내 분도 기뻐할 거야.

조금 길긴 한데.

그래도 이런 식으로 두르면…
둘 둘둘

너풀거리지 않으니까.

훨씬 따뜻하다!

그럼 몸조심 해, 벤!
응, 뭐 그러든지.

휙

기분 추스를 시간을 조금 주는 편이 좋겠어.
그런 뒤 같이 돌아가.

알았어, 그럼… 행운을 빌어! 물고기 잔뜩 잡길 바라.
고마워! 절벽 꼭대기에 도달하면 네 쪽을 향해 소리칠게.

퉤!

퉤!

쓱 쓱
쓱 쓱
이 정도는 금방이지.

이야!

봤어, 너새니얼?

내가 말한 대로지.

내가 능숙한 등산가처럼 보인다면…

…그건 내가 능숙한 등산가이기 때문이지.

혹시나 해서 말하는데, 난 포기하지 않았어.
툭

착
착
착
계획을 다시 세우려는 중이야?
어쨌든 아직은 아니야.

일단은. 그런데 아무 생각도 떠오르지 않아.
근데 그 목도리 진짜 이상하다.
벤, 여기 진짜 던지기 좋은 돌멩이 많다.
물수제비뜨기에 완벽해.

착
휙!

착
착
착
딸그락!

우아!
방금 들었어?
저기 큰 바위가 있나 봐.
너도 맞혀 봐.

정말
세게
던져야 돼.

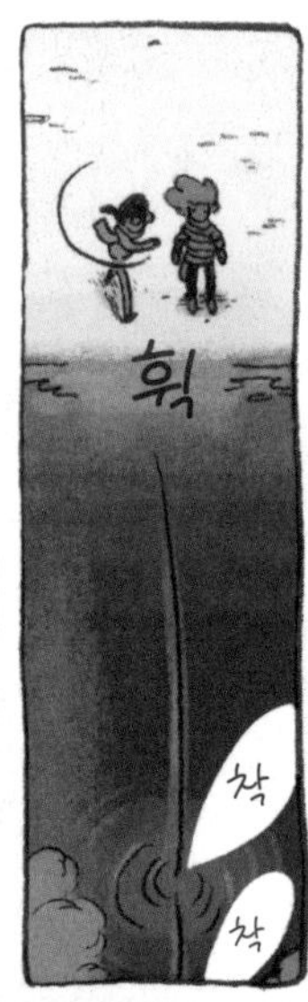
휙
착
착

그렇지?!
너도 맞혔어!
바위가 엄청
큰가 봐!
같이
던져 보자!

휙
휙

착
착
착
착
착

저기 있는 게 아까 곰이
우리에게 얘기했던 그 바위 중
하나일 수도 있지 않을까?
몰라. 근데
여기는 아니라고
꽤 확신하던데.

그가
틀렸으면
어쩌지?

흐음.
내가 가서 알아봐야겠다.
뭐?
쓱
돌돌
지금 뭐 해?
그럴 시간이 없다고.
하지만 물수제비뜰 시간은 있잖아?
다른 할 일이 있지도 않으니.
1분이면 다녀올 수 있어.
찰박!
북극해는 저리 가라 할 정도로 차갑다!
어? 새로 얻은 멋쟁이 목도리까지 하고 가게?
넌 상상도 못 해!

좀 있으면 발이
아이스바가 될
지경이야.
이봐!
물이 깊어지면
어떡해!
그럼 내가
수영할 줄
안다는 데
감사하겠지!

너새니얼!
우리가 때린 게
뭔지 알아냈어?

너새니얼?

내 말
들려?

너새니얼!

벤!

너 괜찮아?
너도 빨리 와서
이걸 봐야 해!

그게 뭔데? 뭘 찾았어?
계단!
계단? 밟고 올라가는 그 계단?
얼른 이리로 와 봐!

물이 많이
깊어?

전혀 안 깊어!
정말이야!
무릎까지도
안 와!

맹세할 수
있어?

내 무덤을 걸고
맹세!

잠깐 신발만
벗을게!
내 것도 가져다줘!

이쪽이야!
박 찰박 찰박 찰박 찰박
!
찰박 찰박
찰박 찰박 찰박
여기야!

아직도 이게 곰이 찾던 바위라고 생각해?

긴가민가해.

너도 올라올 거야?

천천히 가.

좀 미끄러울 수도 있어!
괜찮아.
으악!
미끌
쿠당탕
괜찮아?
응, 괜찮아.
헉
헉
거의 다 왔어!
잡아 줄게.

높은 곳에 올라오니
정말 근사하지 않아?
근데 저 케이블이 뭔지 모르겠네,
넌 알아?
아, 신발을 가져다줘서
고마워!
아마 이 상자
안에 든 무언가에
전력을 공급하는
것 같아. 이거 열어
봤어?
손톱으로 자물쇠를
돌려 보려 했는데, 뻑뻑하게
녹슬어서 꼼짝도 안 해.
아, 정말 그러네.
그럼 동전으로
돌려 봐야겠다.
열리는 거
같아!
딸깍
?
이거
전화기였어!
어디로 연결되는지
전화 걸어 보자!
그래도
괜찮을까?
그냥 일단
해 봐야아.
만일
누가 받으면
뭐라고
말해?

"안녕하세요.
저흰 벤과
너새니엘
입니다.
지금 길을
잃었어요."
라고 말해.
그럼 어떻게든
대화가
이어지겠지.
누가 전화를
받든 그 사람이
우리가 강으로
돌아갈 수 있게
도와줄지도
모르잖아.

딸깍!

전화 걸린다!
나도 같이
들을래!

따르릉
딸깍
여보세
...

그분들이 벌써
왔단 말이야?!

누가
벌써 와요?
...
...
누구시죠?

음.
벤인데요.
전
너새니엘
이요.

오.
그래서?

원하는 게
뭐요?

저희…
저희가 길을
잃었어요.
그럼 내가 길을
찾아 줬으면 좋겠다,
이건가?
강으로 돌아가려면
어떻게 해야 하는지
아실까 해서요.

지구에는 165개의 큰 강이 있어.
작은 강까지 더하면 수도 없지. 그중
아무 강이나 고르라는 건가? 그럼 내키는
방향으로 가. 계속 가다 보면 결국에는
어떤 강과 마주치게 될 테니까.
사실 저희는
동쪽에 있는
강으로 가려고
하는데요.
그럼
동쪽으로 가!

문제 해결이네.

그럼 난 할 일이 많아서 이만.
잠깐만요.

끊지 마세요!
동쪽으로 갈 수가
없어요! 거대한
절벽이 가로막고
있단 말이에요.

음, 절벽은 내가
어떻게 해 줄 수가
없는데. 게다가
이렇게 갑자기
얘기해서는.
아… 아무래도
그렇겠죠.

흑시 지도는요?
저희가 길 찾을 때
볼 만한 지도라도
있을까요?
그러면 저희끼리
강으로 돌아가는 길을
찾을 수 있어요.
아마도요.

지금 갖고 있는 건
없는데… 어쨌든
주변 지역에 대한
지도는 없어.

하나 만들어야겠군.
잠시만 기다려.
정말요?
감사합니다!
딸깍
여보세요?
뭐라셔?

지도를 만들어
주신대.
기다리래.
그러더니
끊었어.
CLAK
이봐, 혹시…
무슨 소리
들리지 않아?

아니…
탁!
우우우우웅
잠깐.
우우우우우웅
응! 천둥소리인가?
케이블 저쪽에서 내려오고 있어!
우우
우우우
우우우우
우우우우우
우우우우우우
우우우우우우우
우우우우우우우우우
우우우우우우우우우우
점점 커진다!
뭔가가 오고 있어!

촤아아아아아아아아

촤아아아아아아아

엎드려!
타다다다다다닥

콜록!
콜록!
콜록!

리프트야!
지도를 얻으려면 저걸 타야 하나?

그렇지 않을까?
꽤 안전해 보이는데.
진심이야? 안전이라곤 조금도 신경 쓰지 않는 사람이 만든 물건 같은데.
고작 저런 나무 기둥 두 개로 이 무게를 어떻게 지탱하겠어?

모르지.
그래서 탈 거야?

고민 중이야.

등불을 떠올려 봐.

폴짝

좋아.
지도만 받으면 바로 돌아와서, 자전거를 타고 쭉쭉 달리자.

네, 알겠습니다!

하지만 왜 지도를 그냥 이 리프트로 보내지 않았는지 이해가 안 되네.
우리가 가면 더 재밌잖아.
스르르

덜컥
…

이게
떨어지진
않을까?
저 케이블이
끊어질 것
같긴 해.

만에 하나 떨어진다 해도 우린 괜찮을 거야.
물 위로 떨어질 테니까.
이 높이에서는
물 위로 떨어져도
콘크리트 바닥에
떨어지는 거랑
똑같지 않아?

그러려면
훨씬 더
높은 곳에서
떨어져야 하지
않나?

내
생각이지만.

카아아아악

퉤!

헤헤.

이봐,
저기
저거 보여?
벤, 저거 혹시 집인가?
집처럼 생기지 않았어? 그렇지?
그렇긴 하네.

마을이야!

우리도
저기로 가나?
어… 아니었으면
좋겠는데. 지나가는 도중에
뛰어내려야 하는 모양인데,
그럴 만큼 집에 가까이
다가가지 않잖아.

밖에
누구야?

히익!

숨어!

하하하,
알았다! 내가
생각하는
그 사람인가?
우리를 누구라고
생각하길래?

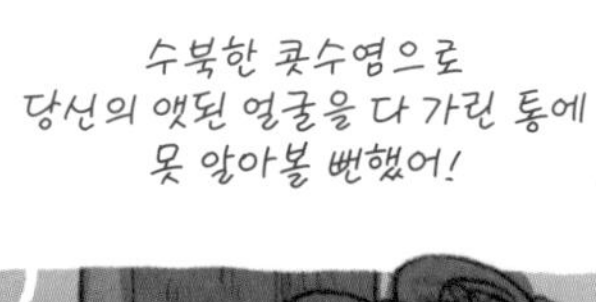
수북한 콧수염으로
당신의 앳된 얼굴을 다 가린 통에
못 알아볼 뻔했어!

콧수염?
앳된 얼굴?

들어와!
들어와!
다시
만나니
정말
반갑구먼!

내가 늦었나?
다들 뭐 하고
있었어?

딱 맞춰
왔어!
그분들도
금방
도착할 거야!

이봐! 다들
여기 누가
왔는지
보라고!
잘 왔네!
얼굴
까먹겠어,
친구!

파티 중인가 봐.
저 안은
정말 따뜻해
보인다.

벤, 뭐 하나
물어볼게. 약간 한심한
질문일지도 몰라.
뭐?

엄마 아빠에게
영원한 작별 인사를
하고 왔어야 할까?
뭐?

'아무도 집에 돌아가지 말 것'이라는
규칙 말이야. 정말로 우리 절대 집에
안 가는 거야?
진지하게 하는 소리
아니지…
…진심이야?

헤헤.
아니야.
치이이야.

근데 그러면… 그 약속도 결국은 '포기하지 말 것'을 좀 돌려서 말한 것 아냐?
그렇긴 하지, 음, 말도 안 되는 소리 같겠지만…
…내 생각에는
우리가 계속 같은 방향으로 달린다면…
집으로 돌아갈 필요가 없잖아. 결국은 자연스럽게 집에 도달하게 될 테니까.
적어도 나는 그런 뜻이었다고 생각해.
그러면…
우리가 세계를 일주한다는 뜻이야?
그래서 말도 안 되는 소리라고 했잖아.
벤!
정말 끝내준다!

우리를
기다리고 있을
수많은
모험들을
생각해 봐!

4장

위대한 마법사와 지도 그리는 까마귀

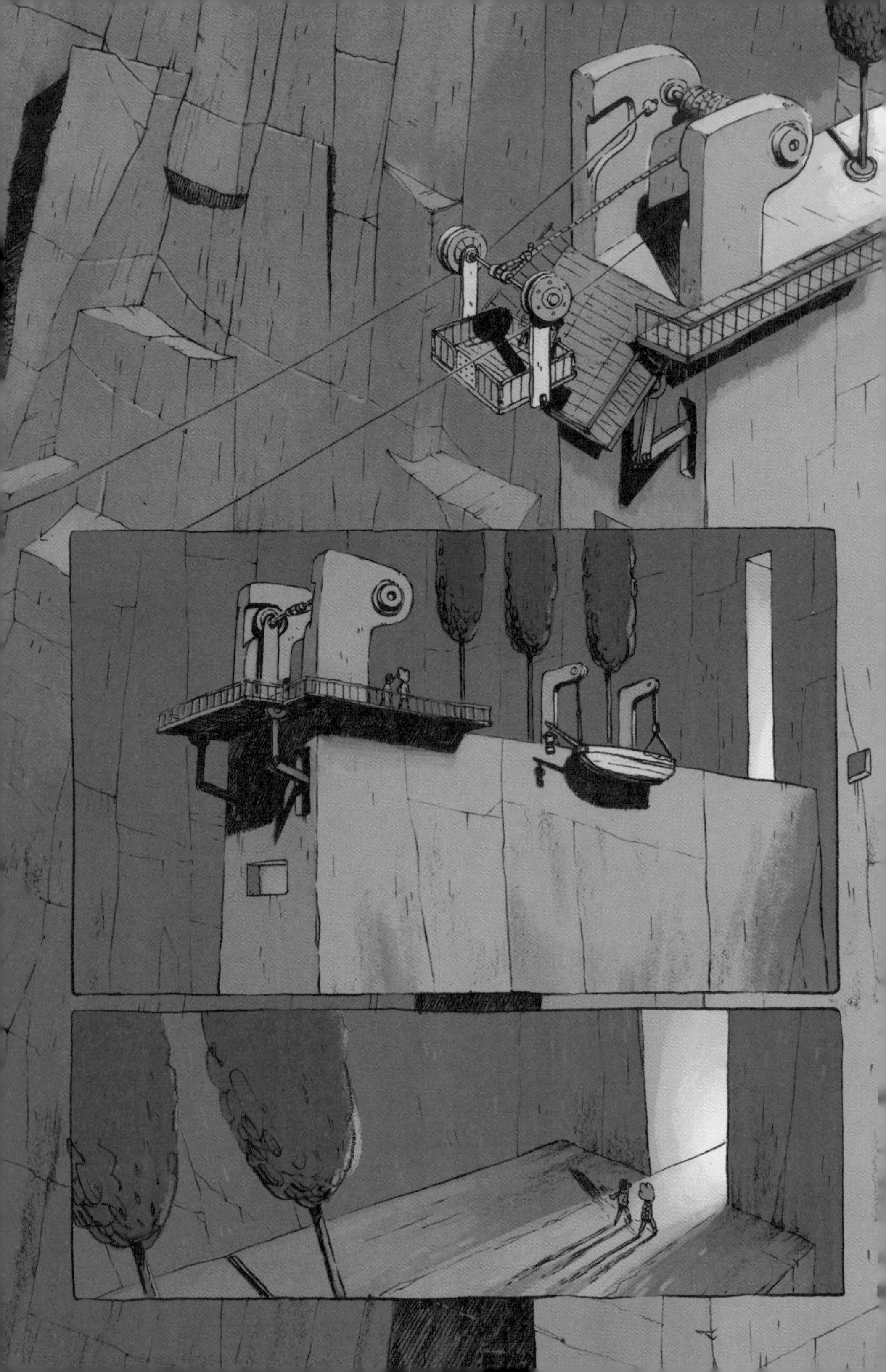

위대한
마법사…

위대한 마법사
노크해 볼까?

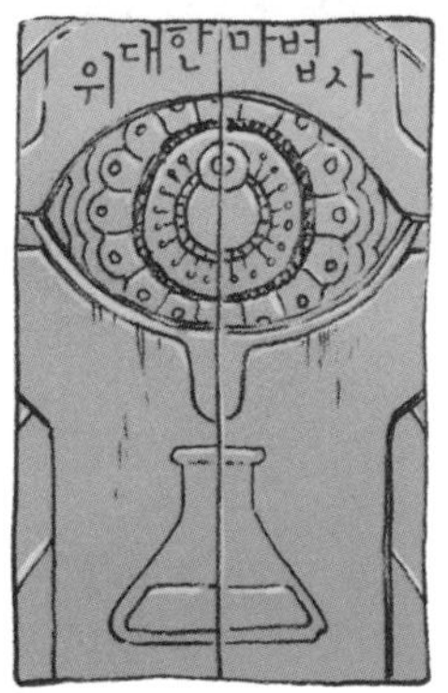
위대한 마법사

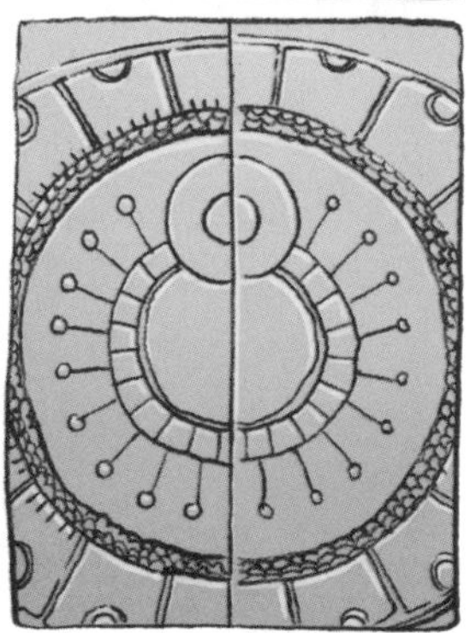

네가 해 봐.

그럼 같이 하자.
끄덕
위대한 마

준비?

똑똑

덜컥!

계세요?

탕
아무도
안 계세요?

저 방은 내가 살펴볼게!

어이쿠.

여긴 우리가 들여다보면 안 될 것 같아.
그러게, 네 말이 맞아.

너희들!!!!!!!

거기서 뭐해? 여기서 나를 찾을 때도 지도가 필요한가?

어서 계단을 내려와! 난 시간이 없다고!
오른쪽 방엔 들어가지 말고!

오늘 밤에 거기서 누가 죽는 꼴을 보긴 싫으니까!
죽는다고?

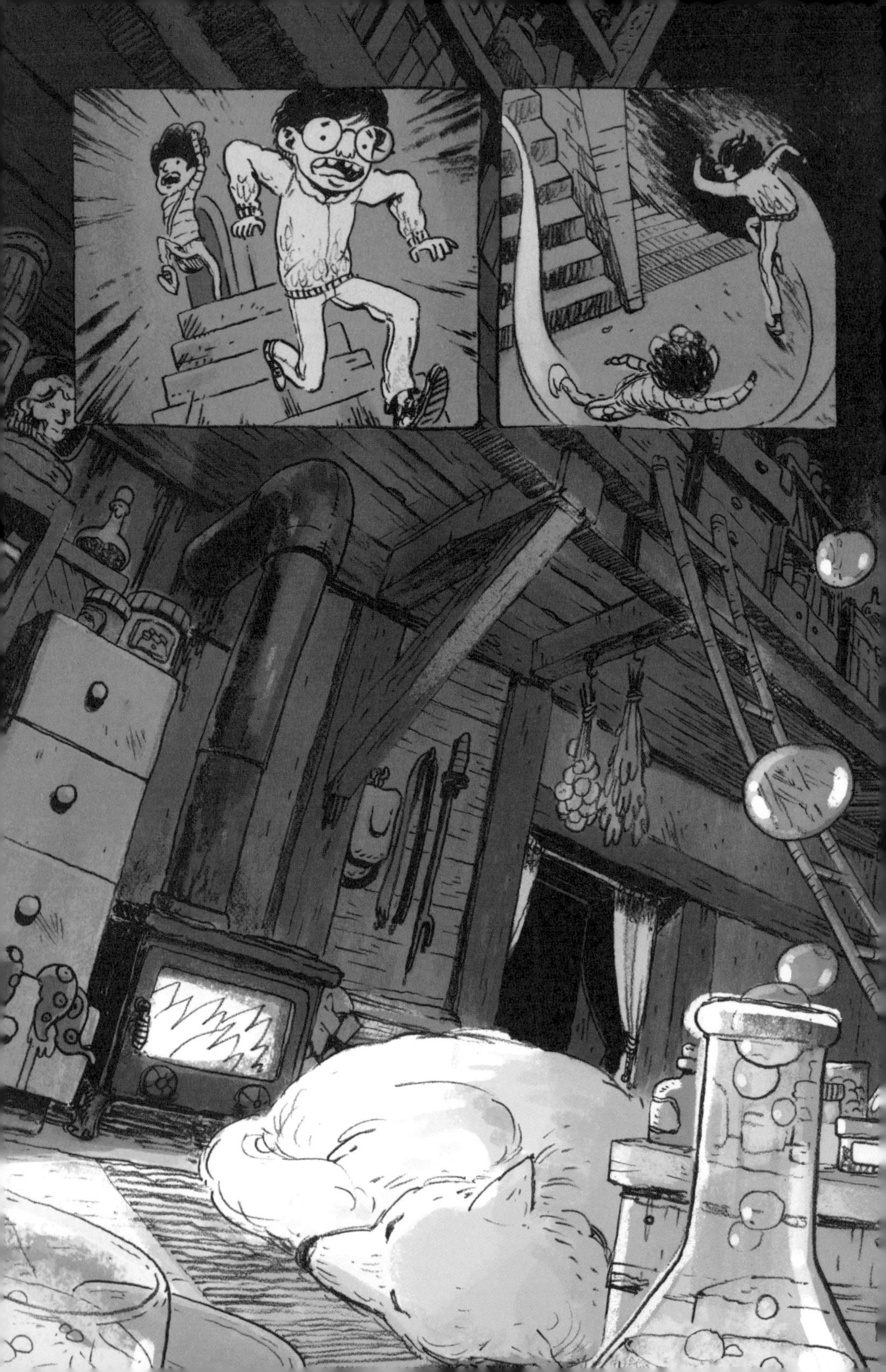

휴!
휴!
찰강 찰강

저분은
지금
뭘 하는
중일까?

쫑긋

쉬이이잇
소리 내지…
뭐 하세요?

!

끼야아아악

저리 가!

하하
하하하
하!

할짝 할짝
할짝 할짝
할짝 할짝

강아지가 네
과자 냄새를
맡았나 봐.
콩콩!
서배스천!

손님들
내버려 둬!

살랑
살랑

아아, 우린 괜찮아,
서배스천.
난 안 괜찮은데.

우리 얼굴을 한입에
뜯어 먹을 수 있을 만큼
큰 개잖아.
헥
헥

그 아이가
좀 큰 편이긴
하지만…

뽁!
정말
점잖은 개란다.

톡!
들어 와!

드르르륵
불 옆에 앉도록.

명심해.
지도만 받고
바로 가는
거야.
지금 내가 좀
정신이 없어서
말이야.

어수선해도 이해해.
내 사랑스런 조수가…
띠링

홱
오늘 아파서
안 나왔거든.

본인이
그렇다니까 뭐.
착
아침에
갑자기
전화를 하지
뭐야.

누가 봐도
가짜 같은 기침을
막 하더라고.

무슨 속셈인지
내가 모를 줄 알고?
덜컥!

나는 다 알지.

모든 걸
꿰뚫어본다고.

나는 모르는 게
없어.

넷
셋
둘
하나
삐비빅

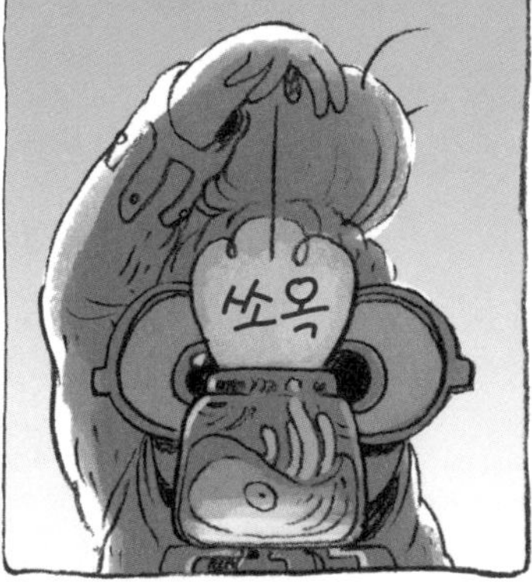
쏘옥

띠
링

오늘 밤엔
도무지 쉴 틈이
없어! 조수 녀석
간도 크지!
보글

비켜 봐!
아얏!

분명히 밤에
춤추러 갔을 거야.

내가 여기서
이 고생을
하는 동안!

지금 뭐
하세요?

당연히
마법의 약물을
만들고 있지.

왜? 그럼
내가 뭐 하는 걸로
보이냐?!

그렇게 버럭 화내실 필요는 없잖아요.
내가 못살아! 요즘 어린 애들은 아무것도 모른다니까!

타이머가 왜 이렇게 많아요?

탱글

고대로부터 내려온 약물 제조법이라 아주 세심해야 한다고.

치이이이익
무조건 모든 재료를 한꺼번에 솥에 쏟아 붓고 휘젓는다고 끝이 아니야.

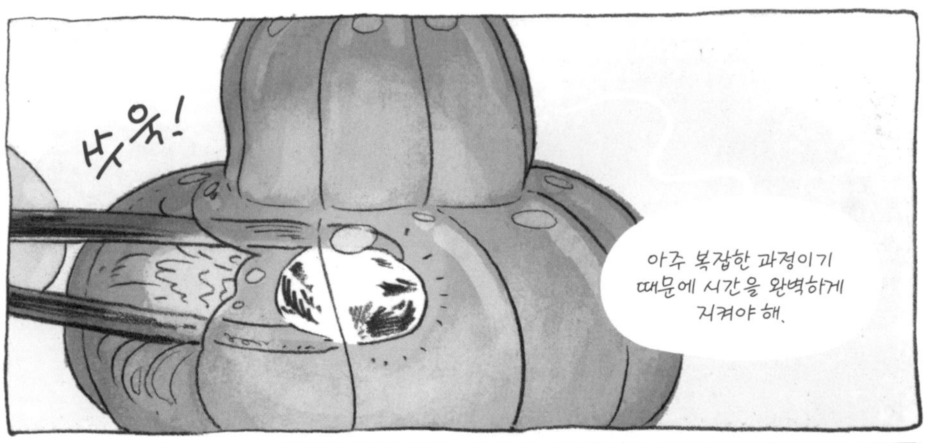
뽀옥!
아주 복잡한 과정이기
때문에 시간을 완벽하게
지켜야 해.

흔들
흔들

달칵

걱정 말거라.
너희 지도도 잊지
않았으니까.

뎅!

잠깐만 기다려!
냉장고에 넣은 건 젤리 푸딩인가?
머나먼 고대 방식의 젤리인가 봐.
언제나 한 해 중 지금이 가장 바쁠 때지.
휘적 휘적 휘적
펑!
아이
하아.
휴!
폴짝!
일단은 다 됐군!

이젠 너희의
지도를!
드디어.

다행히 지도
만들기는 쉬워!

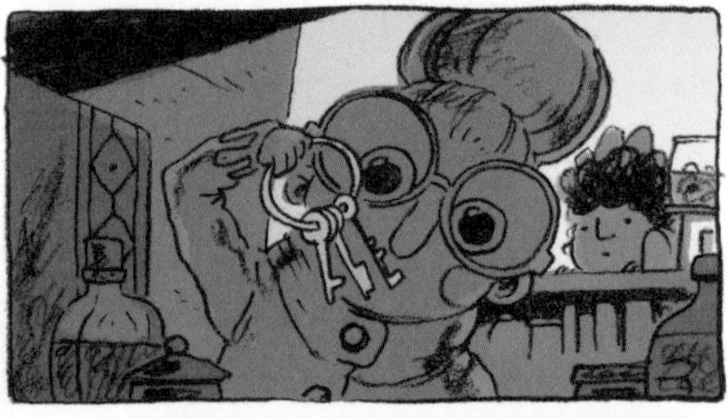

분명 지도 제작자의
눈 농축액이 몇 방울
남아 있을 거야.

딸깍

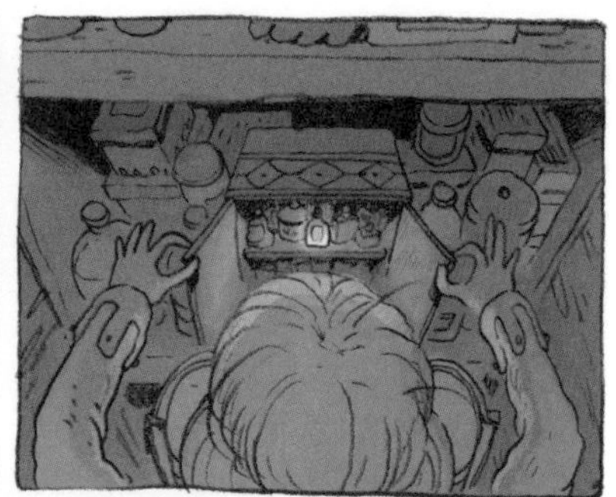

니모의 자각몽
파우더
지도제작자의
눈
농축액
괴물 변신
약물
문어먹물

여기
있군!
게다가
이것 봐라?
유효 기간이
내일까지야!

저희가
오늘 운이
좋네요!
그러게!

얘야!
일어나렴, 아가, 일어나!

아가?

이리 와, 부끄러워 말고.
까악

저 안에 까마귀가 있나 봐!
그러어어춰!
정말 착한 애야.

까악!

머리가
세 개야!
우아!

아서!
아서라!
서맨사!
거트루드!
물러서!
마거릿만 있음
된단 말이야!

옳지! 오오오옳지!
이제 쑥 나오렴. 끝까지
쑥 나와 봐, 그럼 내가
각설탕 하나 주마!
그래,
잘한다!
그렇게
날개를 활짝
펴 보렴!

물론 약속은
지켜야지.
까악!

콕

꿀
꺽

이제 잠깐만
고개를 숙여
보렴.

살살살
그래.
아이,
착하다.

하하하! 이런, 마거릿!

정말
거대하네요!
그렇지?

좋아, 마거릿.
엄마 쪽으로 고개를
좀 돌려 보렴.

아유, 말도
잘 듣지.

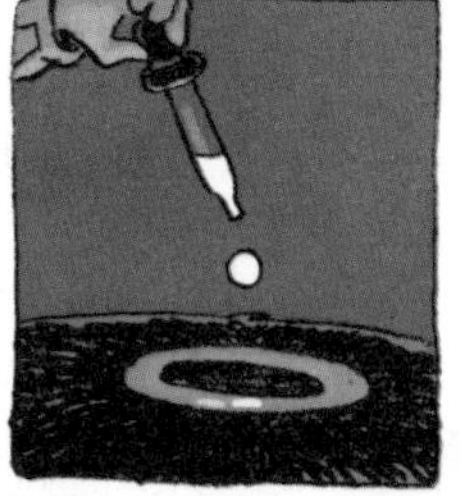

이제 됐다!
생각보다 무섭지
않지, 안 그러니?

이제 어떻게
해야 하는지
알지?

까악!

훨훨 날아라, 마거릿!

신속, 정확히 다녀와!

이제 돌아올 때까지 기다리기만 하면 돼.

이런 일에 내 도움을 받다니 너희들은 정말 운이 좋은 거야. 너희도 알다시피 오늘 밤은 특별히 중요한 날이니까. 아주 멀리서 중요한 손님이 우릴 찾아오시는 날이잖니.
달그락

'우리'가 누구예요?
그야, 우리는 호수 주민들이지.
여기 오는 길에 너도 몇 명 봤을 텐데.

그럼 '손님'은 누구예요?

누군지 모른다고?

어…
알아야 하나요?

허헛!
훌쩍

뎅!
!

깨달은 자들이
이제 곧 우리 마을을
방문하신다고!

어이쿠!

영광스럽게도
일 년에 단 한 번
찾아오시지!

가을의 첫날과
그 후의 수확을
기념하기 위해!

...
모두가 아는 줄
알았는데!

헉!

상당히
멋지네요.
훌쩍!

끼이이이익

상당히 멋져?!
그걸로 끝이야?

지금 우리가
이렇게 얘기하는 동안
깨달은 자들이
여기로 오고 있다니까!
꼴깍

어…

우아! 그럼요,
깨달은 자들!
그 사람들을
어떻게
모르겠어요?
저도 정말
좋아해요.

너희도 밖에서 길을 잃고
헤맬 때 성가신
보름달 뜬 거 봤지?

보름달이 하도 밝아서 별빛이
눈에 안 띄면 그분들이 우리
호수까지 제대로 찾아오시기
힘들까 봐 걱정돼.

그렇게 많이 깨달은 분은 아닌가 보네요.
몇 십 년마다 한 번씩은 일이 터진다고. 지난 1953년 9월 23일에도 정확히 추분에 보름달이 떴었지.
얼마나 실망스러운 해였는지, 원.

그래서 예전 같으면 나도 다른 사람들과 함께 저 아래에서 신나게 파티를 벌이고 있을 텐데…
할짝
올해는 여기에 남아서 나의 가장 위대한 약물을 만들고 있지!
퉤!
그 약물만 있으면 깨달은 자들이 우리 마을을 찾아오는 동안 은하수의 별빛이 환히 빛날 수 있도록 달을 어둡게 만드는 그런 불가능한 일도 해낼 수 있어.

너희 둘은 여기 머물면서 그들을 맞이할 생각은 없는 거지?

사실, 저희는 서둘러
가 봐야 해요. 꼭 지켜야 할
약속이 있거든요.
그래?

얘기해
봐.

저희 마을에도 추분 축제가
있어요. 매년 우리는 수많은
등불을 강물에 띄워 보내요.
등불을 별이 있는 곳으로
보내는 거죠.
그렇군.

그런데 올해에는 벤과
제가 그 등불들이 어디로
가는지 끝까지 따라가
보기로 약속했어요.

아하!
탁
등불이 어디로 가는지
이미 알고 있는 거 아니야?

'별이 있는 곳으로 보낸다'는
말은 그저 옛날이야기일 뿐인걸요.
그게 사실인지 아닌지는 몰라요.

오래된 노래와
이야기에는 사람들의
생각보다 더 많은
진실이 담겨 있지.

네, 뭐, 하지만 아직
아무도 등불이 떠올라
하늘로 날아가는 모습을
보지는 못했으니까요. 살아
있는 사람 중에서는요.
등불이 강의 굽이를
돌면, 다들 저녁 먹으러
집에 가요.
얘들아, 그 찻잔 깨면
물어 줘야 한다. 그거
비싼 잔이야.

그래서 저희가
최대한 빨리 강으로
돌아가려는 거예요.

괜찮으시다면,
꼭 그 지도를
얻고 싶어요.

까악

착
착

마거릿!

용감한 우리 딸!
까악
돌아왔다!
돌아왔다!
아우우우우우

잠깐만
내가…
까악
아우우우우우우
서배스천!
너희들!
하하하!
마거릿.
조용히 좀 해!
종이를 꺼내야
한단 말이야!

이거면
되겠군.

흐음…
덥석

달그락
달그락
쨍그랑

자, 준비됐다, 마거릿. 편히 그리렴!

하! 내 정신 좀 봐? 잉크를 잊을 뻔했군!

끼익
끼익
끼익

콕

핫!
잠깐. 마거릿이 우리 지도를 직접 그리나요?

콕

사각 사각

세상에! 정말 마거릿이 지도를 그리네!
사각
심지어 아주 잘 그리는데?
당연히 잘 그리지.
옆에서 뚫어져라 쳐다보지 말거라.
수줍음이 많은 아이니까.

우리가 조급하게 차를 더 마시는 동안 마거릿은 지도를 그렸다.
그리고 얼마 지나지 않아 우리가 정말로 이 모험을
완수할 수 있을 거라는 용기가 새롭게 솟았다.

브라보, 마거릿! 역시 아이들 중에 네가 가장 예술 감각이 뛰어나구나!

이제 다 됐다, 얘들아. 여기 와서 마거릿의 빼어난 솜씨를 감상하렴.
콕

벤! 이것 봐! 여기가 그 곰이
이야기하던 갈림길인가 봐!
맞아. 그리고
여기가 강이야!
엄청 꼬불꼬불하게
흘러간다. 그렇다면 등불들이
여기까지 도달하는 데 시간이
꽤 걸리겠지?

그럴 것 같아.
그리고 이거 봤어?

여기 이 환한 부분이
등불이라면, 따라잡을
시간이 충분히
있을 거야!

이제 강으로 돌아갈
방법만 찾으면 되겠다.

여기로 이어지는 길을 찾을 수만 있다면…
잠깐만요!
저희 아직 보고 있어요!
돌돌돌

자, 자, 저녁 내내 지도를 들여다볼 여유는 없어.

너희는 너희 갈 길을 가고, 나는 내 할 일로 돌아가야지.
톡톡

뒤적

자, 보자…
톡톡

톡

가격은 은화 184냥에…

…동화 77냥이다.

네? 잠깐만요,
저희는…
하지만! 너희들은
길을 잃었으니…
그냥 은화
184냥만 줘.

그거
미아 할인이에요?

인심 좋지,
나도 알아.
사람들한테 내가
깎아 줬다고
소문내지 마.
온 세상 사람들이
찾아와서 깎아 달라고
성화일 테니까.
하지만…
…저희는
돈을 내야 하는지
몰랐어요.

툭!
몰랐…
돈을 내야 하는지
몰랐다고?

나 참, 당연히 돈을 내야지. 이건 사업이야! 내가 너희에게 필요한 물건을 만들어 주면, 너희는 나한테 돈을 줘야지. 그게 세상이 돌아가는 이치라고!

그런데 저희는 돈이 한 푼도 없어요.

움찔

그러면…
…내가 정리해 보마.
그러니까 너희는 지금… 어… 잘 모르겠지만… 요즘 아이들은 다 이렇다고 말하는 게냐? 너희도 그 만화책인가 뭔가 좋아하니? 응?
자, 여기가 만화책 가게라면 어떻겠니?

가게를 그냥 마구 휘젓고 다니고, 갖고 싶은 건 실컷 집어 들고선…
…돈도 안 내고 그냥 나간다고?
또 오세요!

안 되지! 가게 주인에게
값을 치러야지, 안 그래?
쿠당탕!
네,
맞아요!

안 그래?!
쿠당탕!
그럼 여기도
다를 이유가 없지
않을까?
윽!
네!

음, 아까 가격에 대해서는
말씀이 전혀 없으셔서,
생각을 못 했…
그게 문제야!

너희는 생각을 안 해!
그리고 돈이 없다니 나도
다른 도리가 없구나!

저쪽으로 비켜 봐. 저쪽으로!
펄럭
너희 둘에게 일을 시켜야겠다.
딸깍

일이요?!

마침 창고를 말끔히 청소해 줄 사람이 필요했거든. 그래서 이 상황을 최대한 긍정적으로 받아들이고 싶다면, 너희가 마침 좋은 날에 딱 찾아온 셈이지.

거기 쌓여 있는
온갖 쓰레기를 다 치우면
정말 개운할 거야.
그걸 전부 다 버리려면
꽤 오랫동안
정신없을 게다.

하지만
그럴 수
없어요!
저희는 정말로
다시 돌아가야 해요!

오,
저런…
불쌍해라.

들어가.

너새니얼!
도망쳐!
서배스천!

으르르릉
알았어!
알았어!
서배스천…
하하하!

우리가
친구인 줄
알았는데.

옜다. 청소 도구도
챙겨 가.

자, 그럼.
너희처럼 어린 애들이
일을 하면 적절한
시급은… 음, 1시간에
은화 3냥으로 하지.
두 명이니까,
지도 값을 다 갚으려면
몇 시간 일해야 하나…
30시간이요?
뭐?!

내 계산이 정확하다면
30.666667시간이지.
당연히 정확하지만.

깎으려 들지 마라.

쿠당
잠깐!

저기요!
탕!
탕!
탕!
우리를 이렇게 망대로 가두면 안 되잖아요!

망대로 가둘 수 있다는 걸 알게 될 게다.

이거 유괴인 거 아시죠?
제가 경찰에 신고할 거예요,
그러니까… 당신이 우릴
풀어 주자마자요!

풀어 주기 전까진 여기서 꼼짝도 하지 말자.
어, 그래.

시킨 일을 다 해야 경찰에 신고할 수 있다. 청소는 온실부터 시작하도록 해!

저기가 온실인가?

달칵

반짝!

반짝!
반짝!

5장

해묵은 창고

우아!
이 물건들
좀 봐!

우ㅎㅎㅎ!

하하하!

벤! 이것 봐!
칼이야!

이야압!

우아!
책이다!

과학 책! 이걸 버리려 하다니 말도 안 돼!

벤! 상상할 수 있는 모든 분야의 과학책이 다 있어!

생명 공학, 조류 진화학… 우주 고고학!
우주 고고학

이 책은 천문학 책인데, 100년도 더 됐나봐!
팔락

가져가서 아빠 보여 드려야지!
정말 깜짝 놀라실 거야!

예전에 우리가 너희 아빠네
사무실에서 몇 시간이고
천문학 책 봤던 거 기억나?
그날 밤에 망원경으로
어떤 별을 관측할지
계획도 세웠었잖아.

너는 항상 안드로메다
은하를 골랐었지.

세상에!
동물 의상이야!
엄청 멋지다!

나 어때?

촌스러워.

어흐으으응!

너도 입고 싶으면
여기 더 있어.
그거 진짜
곰 머리야?

몰라.
아마도?
근데 확실히
진짜 같긴 해.

그런 거 입으면
새로 사귄 네 절친이
별로 안 좋아할 텐데.

되게 재미없게 구네.
그 곰이 지금
이 상황을
어떻게 알겠어.

툭
이봐,
그 스프레이 병 중
하나에 걸레 묶어서
이쪽으로 던져 봐.

이제 장난 그만 치고 나랑
같이 여기서 빠져나가는
방법을 찾는 게 어때?
꽉

휙

샥

그래, 알았어.
하지만 나갈 수 있는
길은 우리가 들어왔던
그 문밖에 없는 것
같은데.

아니면 저 꼭대기에
난 창문으로 뛰어내려서
떨어져 죽든지. 우리가 얼마나
높이 올라왔는지
기억나지?

오오오오,
온실 찾았다!

완전
크다!
정말이야, 벤!
빨리 내려와서
여기 좀 봐!

쟤는 우리가
여기 있어도
아무 상관없다는
듯이 말하네.

우아!

벤! 이… 도마뱀…인지 뭔지는 진짜로 와서 봐야 돼!

이봐, 우리를 이 지경까지 끌고 온 장본인치고 여기서 빠져나가려는 노력을 너무 안 하지 않아?

무슨 소리야, 내가 우리를 이 지경으로 끌고 왔다고?

네가 여기를 찾아냈잖아.

음, 너는 그냥 밤새도록 골내면서 물수제비만 뜰 기세였잖아! 지금도 마찬가지고.
적어도 나는 뭐라도 해 보자고 결정했다고!

그래, 그래서 어떻게 됐나 봐! 그 곰에게 말을 걸어 보자고 네가 결정했던 그때부터! 그 곰 때문에 우리가 완전히 길을 잃는 데 뭐 10분이나 걸렸어?

일부러 그러지는 않았어. 그리고 처음부터 너는 그 곰에게 완전 재수 없게 굴었잖아.

어휴, 이 모험의 핵심 임무가 망쳐진 것에 대해 화를 내서 미안하네!

나도 등불한테 무슨 일이
일어나는지 너만큼이나
알고 싶었어.
이쯤에서 그만했어야 했다.
나는 이미 도가
지나친 말을 너무
많이 한 상태였다.

넌 그냥 집에나
있지 그랬어.

하지만…
나는…

너한테 같이
가자고 한
사람
없었잖아.

너 없었어도 난
상관없었거든?

사실
없는 편이
더 낫지.

너랑 같이 이 모험을 할
생각이 아니었다고!

치익
쓱쓱
말이
헛 나왔어.
아냐,
진심이잖아.
치이익
그가
맞았다.
그 말을
하자마자 후회했다 해도,
그 말은 전부
진심이었다.
치이익

뽀득
뽀오득

그래서… 나한테 보여 주려던 도마뱀은 어디 있어?
숨었나? 나도 몰라. 너는 누가 곁에 다가오는 걸 싫어한다고 생각했나 보지.

여어어어, 도마뱀, 도마뱀, 도마뱀.

쓰윽 쓰윽
이봐, 내 생각에 이건…

으아아아아아아아!

세상에!

온실의
안쪽은 청소하지
않아도 되는… 거지?
아니었으면
좋겠다.

여기서 제대로 보니,
저게 파충류인지
아닌지조차 모르겠는걸.
어디 있어?!

안 돼애애애애애!

이럴 수가!

어디 있냐고?

여기에도
없고
쨍그랑
여기에도
없어.
우당탕
아무 데도 없잖아!

너 어디 가?
왜 저렇게 소리치는지 알아봐야지.

하지만 온실은!
관심 없어!

믿을 수가 없네.

그 별을 조수에게 맡기는 게 아니었는데!
별?

이제 난 왕창 욕을 먹겠지!

걔는 왜 "아프다"고 전화할 때 내게 그걸 다시 알려 주지 않은 거야?

나는 어쩜
이렇게 미련할까?
너는 왜 내게
말해 주지 않았니?

이번에도 또, 내가
모든 일을 혼자 해야
하는구나!
내가 자릴
비우는 동안 물건들을
좀 지켜 주렴.
알았지?

아, 내가 지금 뭔 소리를
하는 거야. 서배스천 네가
지키고 있으면 내 작업이
전부 망가질 텐데!
너한테
화내는 건
아니야.
지금 마법사가
별…을 구하러
떠나나 본데?
지금 그런 말인 것
같아.

좋은
생각이
떠올랐다.

이보세요!

아직 거기 계세요? 그 별인가
뭔가를 가지러 저희 중 하나가
다녀오면 어떨까요?

우리 중 하나라고?

끼이이이익

너, 안경 쓴 애.
올라와라.

그럼 저는요?

너도 잊지 않았어. 너는 창고를 치워야지.
혼자서요?
부지런히 움직여야 할 게다!

쿠당

내 충직한 조수가 이 약물에서 가장 필수적인 부분을 잊어버린 모양이야.
막 소리지르시던 그 별이요?
옳지!
찰칵

달을 가리는 일은 일반 약물을 만들 때와는 완전히 차원이 다르다고. 물 위를 걷고 싶어? 중력을 거스르고 싶나? 네 몸집이나 힘을 열 배 키우고 싶어?
그런 일은 다 애들 장난이야!
쥐의 털 조금, 때로는 해마의 꼬리만 있으면 끝이라고!
그런데 이 정도 규모의 일을 하려면 그런 시시한 재료로는 턱도 없어! 절대 안 되지. 이 일을 하려면 별의 빛이 필요하다고!
나도 알아! 너 지금 "그건 불가능해!"라고 생각하고 있지?
물론 내가 당장 로켓을 툭 잡아타고 우주로 날아가서 별빛을 양동이에 착착 담아올 순 없겠지, 안 그래?
네…
네?
?

하지만! 내가 직접 별을 하나 키울 수는 있다, 이거야!

당연히 그러려면 항상 아주 캄캄한 장소가 필요하지. 내가 아주 딱 좋은 동굴을 찾았단 말이야.
휘 휘
차악!
동굴!
동굴

그래서 수십 년 전에는….
툭

여기 보렴.
네가 공짜로 가지려 했던 지도로 설명해 주지.

내가 말했듯이, 수십 년 전에 내가 어떤 동굴에 밭을 만들어 별을 키웠어. 서쪽에서 이 안개 밑으로 쭉 내려간 곳이었지.
어떻게 별을 동굴 안에 넣으셨어요?

그럴 리가 없어! 말도 안 돼! 동굴을 지름 10킬로미터도 넘게 깎아 내지 않는 한 중성자 별 1개조차 거기 못 들어간다고!

혹시 넣었다고 쳐도! 별의 거대한 중력이 지구에 영향을 미쳐서 지구가 산산조각이 난다고요!

어리석은 소리 마라!
그건 진짜 별이 아니야! 그리고 넌 왜 얘기를 엿듣고 있어! 가서 빨리 일이나 해!

약물은 참 재미있단 말이야. 신기한 재료가 필요하지만, 가끔 아예 구할 수 없는 재료의 경우에는, 약물이 진짜 그 재료로 만들어졌다고 속일 수 있는 방법이 있어.

그래서 지금처럼 달을 가리려면, 달을 빛나게 하는 바로 그 별의 조각이 필요하단 말이지.
돌
돌
태양이요?

그래, 바로 태양!

뎅

알았어요. 그래서 그 동굴로는 어떻게 가요?
내 배를 타렴. 노 젓는 법은 알고 있겠지?

이 타이머가 울리면, 그 별을 여기에 담아.

이 타이머가 울리면, 그 별을 여기에 담아.
제가 그걸 어떻게 알아요?

뎅!

다른 별도 아니고
태양인데! 그걸 못 알아보면
너는 정말 바보인 게지!
그리고 네가 냅다
도망치면
안 되니까…

…서배스천이랑
같이 가도록.
왈왈

일단 병에 별을 담으면,
주머니에 넣어서 이 아이의
목에 달아 줘. 그럼 얘가 네게
곧장 달려올 테니까.
그럼 저는
어떻게 해요?

너는 그 등불을
따라가야 한다고
하지 않았니?

네!

퐁당!

동굴의 북쪽 입구가
바다 쪽으로 나 있어.
그러니 네가 동쪽으로 가면
육지에 도달할 거야.
강도 금방 다시 찾을 수
있을 테고.
서두르기만
한다면 등불도 충분히
따라잡을 수 있다.
그럼
제 자전거를
찾아야 해요.
그 호수
근처에 두고
왔어요.
마거릿!
까악!
가서 저 애의
자전거를 찾아 여기
선착장으로
가져다주렴.
서둘러야
한다!
왜 아직도
여기 있냐?!
뭘
기다리는
거야?
가라!

세상에.
세상에.
세상에.
세상에!

내 말이
진짜로 먹힐
줄이야!

나는 자유다!

야호오오오오!

흐읍.

하아아아아.
신선한 공기 냄새는
이렇게 달콤하구나.

이렇게
흔들거리는 배는
별로 달갑지
않지만.
끼이이이이아
조심조심.

우아!
조심해!

너 제정신이야?!
우리 둘 다 죽일
셈이냐고?
스으으으읍

끼잉

너새니얼 목도리를
가져와서 뭐하려고?
개가 풀려나면 그걸
찾을 텐데.
까악
?

휘이이익
우당탕

쿠당

앞으로는 좀 더 살살
전해 주도록 해, 마거릿!

까악
얼른 배를
물에 띄우자.

이 스위치를
올리면 되겠지?
펄럭 펄럭
펄럭

꼭 잡아!
딸깍

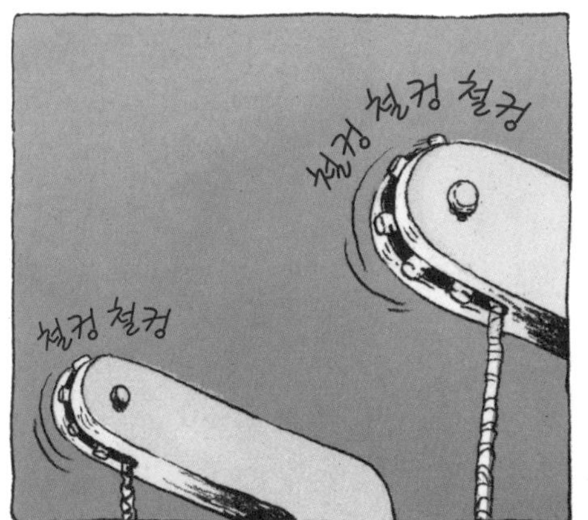
철컹 철컹
철컹 철컹

텅
텅
텅

다행히 조심스럽게 내려가는군.

창고다!
딸깍

텅!

싸악

쟤도 괜찮겠지?

그래, 뭔 쓸데없는 소리야.
당연히 괜찮겠지.

마법사가 파티에 갈 때 분명 너새니얼도 풀어 주겠지. 심지어 개를 데려갈지도 몰라.
딸깍

털털
털털

털
털
털

딸깍
텅!
푸슈슈

그 목도리
줘 봐.

허억!

마거릿!
아직도 위에
있니?

까악!

너 음…
자전거를 잘못
가져온 것
같아.

내 건 기어가
10단이야. 나도
지금 발견했어.

까악

다시 가서
가져다줄 수
있어?
부탁할게.

휘이이익

고마워!

좋았어, 서배스천.
올라가자!
멍!

쉬이이익

싸아악

이봐.

이봐.
너새니얼.
응?
거기
누구세요?

여기,
이쪽이야.
벤?

벤!

쉬이이잇

이걸
잡아!

언제는 이
목도리가 웃기다며.

네가 두르면
웃기다고 했지.
하여튼 빨리 올라와.

잠깐.
가져갈 게
있어.
시간이
없어!

까악
아,
안 돼.

슈우우우우욱
와당탕

아우우우우우
우아아아아!
내 자전거까지
챙겨 왔네!

서배스천!
안녕, 친구!
쉬이잇!
마법사에게
들키고 싶어?

저 모퉁이 너머가
바로 그 방 창문이란
말이야.
미안.

안녕, 친구.

서둘러야 해.
배 내려도
되지?

응,
준비되면
출발해!
좋아,
그럼 간다.
딸깍

날 구하러 와 줘서
고마워.
처음부터
이렇게 할
계획이었지?
섬
섬
섬

…어느
정도는?
풀썩

그럴 줄
알았어.

이봐!
우리 이제
그만 화해하자.
나는 아까 네가 한 말
안 들은 셈 칠 테니까,
너도 우리가 갇힌 게
나 때문은 아닌 셈 쳐줘.

나한테 화나지 않았어?

화났었지.
잠깐 동안.
하지만 이제 괜찮아.

다시 강으로 돌아가 등불을 추적할 수 있는 유일한 방법은 우리가 한 팀이 되어 힘을 모으는 것뿐이라고 생각했거든.
물론 우리 반의 다른 아이들과 함께 가는 편이 나을 수도 있겠지. 잘은 모르지만, 그냥 너 혼자인 편이 나을 수도 있고…
…하지만 지금은…
너랑 나 둘이잖아.

그리고오오오
우리의 화해를 기념하기 위해…
뒤적 뒤적

짜잔!

제일 멋진 모자로 골라 왔어. 색이 정말 멋있지 않아?

고마워.

어쨌든, 벌써 우리가 얼마나 멀리까지 왔는지 봐!
이 영광을 네가 독차지하게 둘 순 없지!
그리고 결국 우리 등불들에게 무슨 일이 일어나는지 알아내면…
그때부턴 네가 하고 싶은 대로 해.
글쎄… 그럼 나는 집에 가야겠지.

그래서
어떻게
할래?
화해할까?

섬실 섬실
섬실
섬실 섬실

푸욱

화해하자.

첨벙

네가 케이블을 푸는 동안
내가 자전거에 방수포를
씌울게.
그래,
좋아.
펄쩍

헥
헥
서배스천,
기다려!
찰박
찰박
찰박

어떻게…
물 위를 달릴 수
있지?

무슨 물 위를 걷는 약물을 마셨나 보다.
나도 마시고 싶다!

근데 마셨다가 다시는 수영을 하지 못하게 되면 어쩌려고?
그건 안 되지!

다 했다!
나도.

노를 잡아. 내가 왼쪽에서 저을게, 너는 오른쪽을 맡아.

너는 좌현을 맡을 테니 나는 우현을 맡으라는 말이지?

하나!
둘!
하나!
둘!
하나!
둘!
하나!
둘!

왈!
왈!

6장
우주를 담은 동굴

근데… 동굴에도
위험한 동물이 사나?
위험?
특별히 그렇지는 않을 텐데.
박쥐… 거미… 전갈…
반가운 소식
고맙다.

동굴도롱뇽도 있어.
근데 위험하진 않아. 예전부터
보고 싶었는데, 이 지역에 서식하는
동물이 아니더라고.
흰도롱뇽처럼 생겼는데
정말 큰 데다가 눈이 없어.
그래서 약간 외계인 같은
느낌이지.
아무래도
무서울 것 같은데.

에에에이, 걱정하지 마.
우리에겐 서배스천이
있잖아.
조심해야 할 일이
생기면 바로 알려 줄 거야.

요 쪼끄만 녀석을
켤 때가 왔나 보다.

어떻게 켜는지
알아?

예전에 삼촌이 가르쳐 주셨어.
삼촌은 아직 이런 석유등을
쓰시거든. 전기니 뭐니 그런
수상한 속임수는 절대 믿을 수
없으시다나.
푸슉
푸슉
푸슉

성냥
스윽

성냥

저 구멍으로
들어가면 뭐가
나올까?

앞에도 구멍이
엄청 여러 개
나 있네!

저 안에 뭐가
살고 있지는
않으려나?

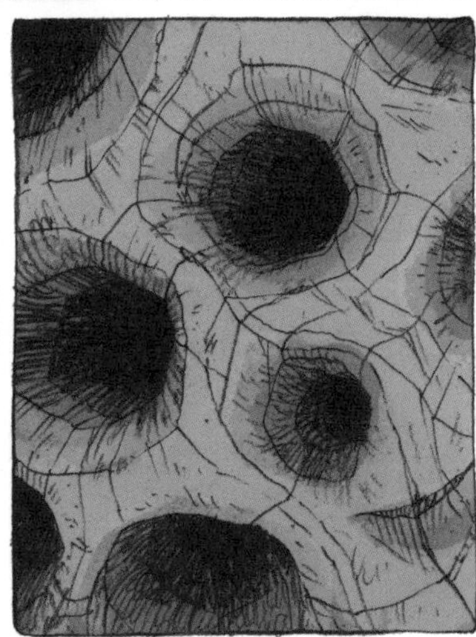

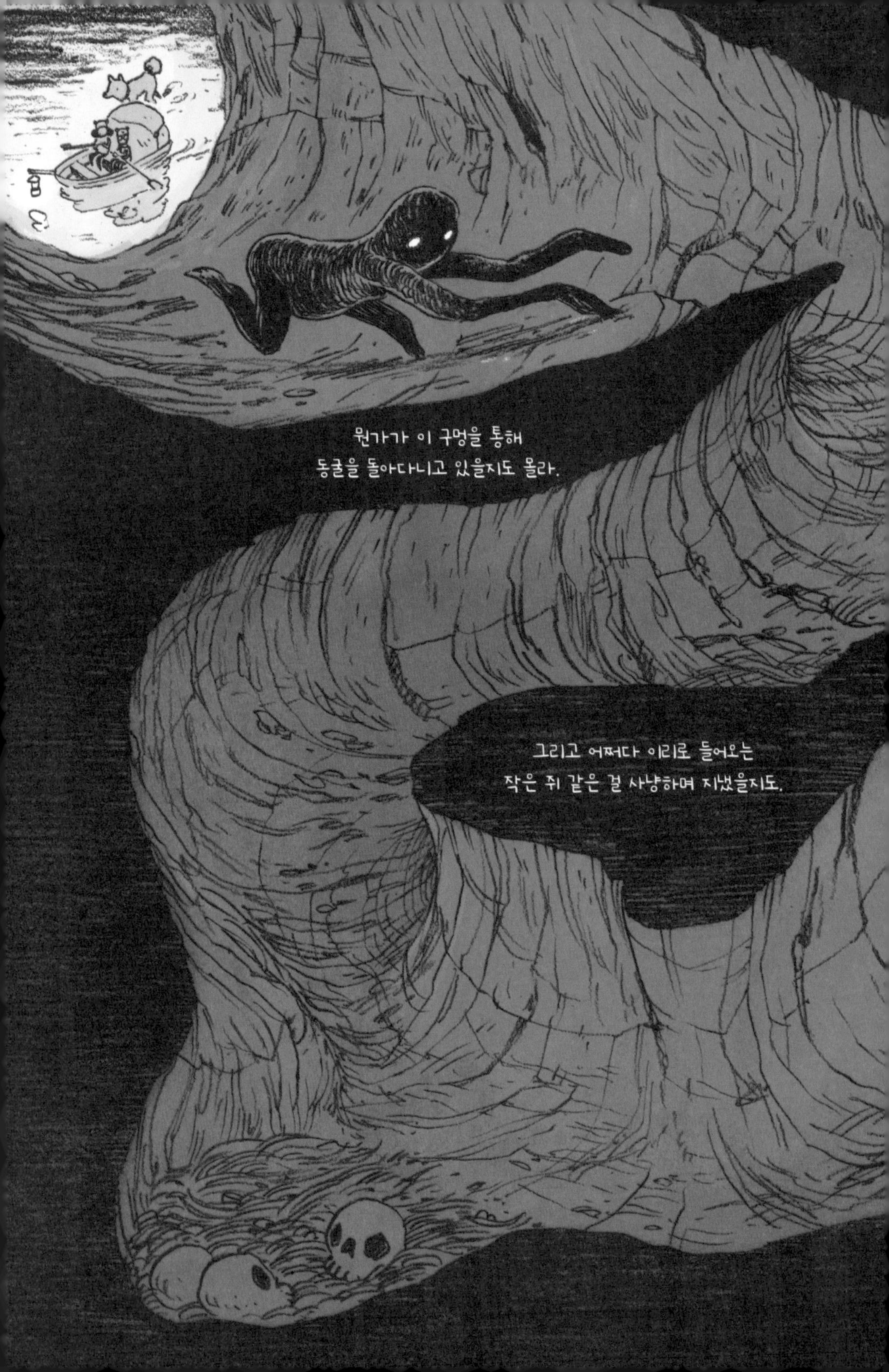
뭔가가 이 구멍을 통해
동굴을 돌아다니고 있을지도 몰라.
그리고 어쩌다 이리로 들어오는
작은 쥐 같은 걸 사냥하며 지냈을지도.

영겁을 살아온
존재일지도 몰라.
뭔가를 기다리며.
늙고.
늙고 굶주린 채.

자꾸 나
겁주려고 하지 마.
겁주려는 거 아니야!
여기 뭔가가 살고 있으면
너무 신날 것 같아서
그래!

그것과 수수께끼 대결을
해서 내가 마술 반지를 얻게
될 수도 있잖아.

우린 약물에 들어갈
재료를 찾으러 여기에 왔다는
사실을 잊어선 안 돼.
이런 곳에서 태양처럼
생긴 재료를 찾기는
별로 어렵지 않을 것 같아.

으르르르

뭘 보고
으르렁대지?
어어어어…
너새니얼?

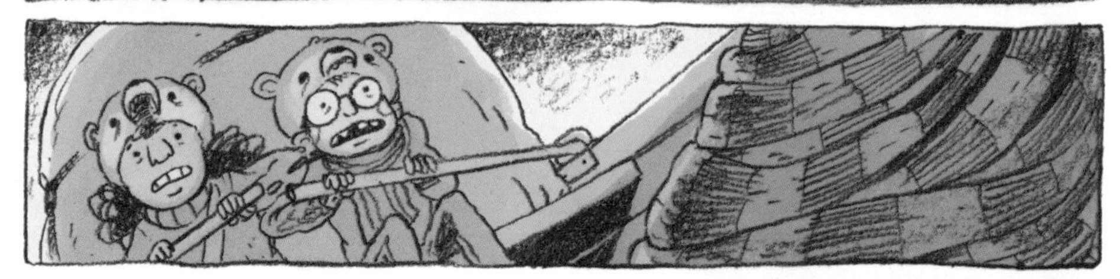

배를 세워!

지금 이게
꿈인가?
아니면
생시인가?

우리에게
뭐라고 말하고
있어!

삼쏜!
브루투스!

배 세워!
세우려고
하고 있어!

우리 선조들이
이 끔찍한 곤경 속에서
나를 구하기 위해
너희들을 보내신
건가?

무한한
감사를 드리리다!

쿠당탕

어서 오시오, 형제들이여! 형제 곰을 두려워할 필요가 어디 있겠소!

쳐다보지 마!

?

너새니얼?

그러면 넌 벤이야?
우리 이름을 알고 있어!

그럼 당연히 알지!
우리가 헤어진 지 뭐
1시간이나 됐나,
안 그래?

으응?

너희를 벌써 잊어버렸다면
그건 꽤나 용서하기
힘든 일일 것 같은데,
그렇지?
너는!

여기서 이렇게 아는
얼굴을 만나니 너무
반갑네!
서배스천, 괜찮아.
저 곰은 우리
친구야.

어서 이리
오렴!
여기서 뭐해? 너는
절벽을 넘어서 지금쯤
강으로 달려가고
있을 줄 알았는데.

그게…

한참을 올라갔지만, 그래도 계속
또 오르고 또 오르고 또 올라야 하더라고!
이 절벽에는 끝이 없다는 생각이
들기 시작했지!
이 절벽에
끝이 있긴
있어?!

바로 그때 이 동굴의
절벽 쪽 입구를 발견했지
뭐야.

바람이 나오고 있었어. 이 입구가 분명
다른 곳으로도 통해 있구나 싶었지. 그리고
운이 좋다면 그 출구가 강 근처일 수도
있다고 말이야.
그렇다면 정말
편리한 지름길이
될 거야!

하지만 안타깝게도
동굴 속의 길은 계속 여러
갈래로 갈라졌어.
흐으음…

찾아볼 것이라곤 저번에 너희에게 보여 줬던
그 지도뿐이었지.
아,
그렇구나…

자, 그럼 너희들은
어쩌다 이 보트를 타게
되었는지 얘기해 줘.

우린 어떤 키 작은 할머니
마법사를 만났어. 그 집에서
심부름을 하는 대신
이 보트를 타게 된 거야.
그분 말씀으로는,
이 동굴의 출구는 바다로
나 있대. 거기서 강으로
돌아갈 수 있다고 하시던데!

훌륭하다!
짝짝

심지어 지도도
주셨어.
이게 진짜
지도지.

하지만
그 전에 먼저
찾아야 할…
잠깐.

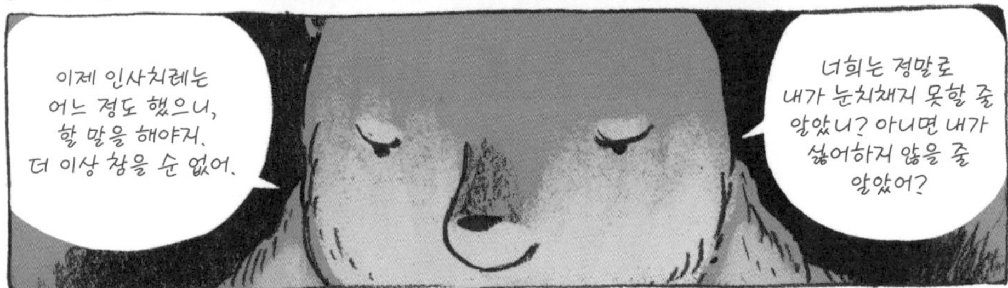
이제 인사치레는
어느 정도 했으니,
할 말을 해야지.
더 이상 참을 순 없어.
너희는 정말로
내가 눈치채지 못할 줄
알았니? 아니면 내가
싫어하지 않을 줄
알았어?

저거 내가 준
목도리 아니야?
우리 아내가
고생고생해서 손수
만든 그 목도리?

아아아아! 맞아!
저 목도리가 정말
큰 도움이 되었어!

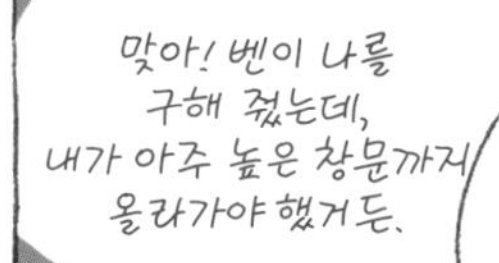
맞아! 벤이 나를
구해 줬는데,
내가 아주 높은 창문까지
올라가야 했거든.

물이 흥건한 보트 바닥에
던져둔 걸로도 모자라서…
함부로 매듭을
막 지어 놨네!
우리 아내가
이 꼴을 보면 마음이
찢어질 거야!

정말 미안해!
지금 당장
풀어 놓을게.
나도
같이 할게!

이젠 아무도 수공예품을 소중히 여기지 않아.
우리 아이들도 마찬가지야.
너새니얼, 너도 이제 근사한 새 스웨터가 생겼으니, 너희가 매듭을 다 풀고 나면 그 목도리는 내가 다시 가져가야겠다.

드르르르르륵

이번에도 또…

무슨 일이야?
지금 왜 멈췄어?

여기서 길이 또 갈라져.
어느 쪽으로 가야 하지?

모르겠어. 이 동굴이 밖으로 이어진다고 했지?

그럼 램프를 잠깐 꺼 봐, 너새니엘. 이 터널 중 하나가 그 출구라면, 우리 눈이 어둠에 적응된 후에 어느 쪽에서 달빛이 희미하게 들어오는지 볼 수 있을지도 몰라.
달각 달각

적어도 내 눈에는 보일 거야.

우리 곰들은 밤눈이 아주 밝거든.

흠.
아직도
새까맣군.

심지어 2.0도
넘는 곰의
시력으로도?

그러게, 벤.
나의 이 뛰어난…
…잠깐.

가만있자…
그래! 분명히
오른쪽 터널에서
빛이 새어 나오고 있어!
나는 전혀
안 보이는데.

넌 어두운 데서 보는
연습을 한참 더
해야 하니까.

램프에 불을
다시 켤게, 조금만
기다려.

필요 없어.
이제 곧 밖으로
나갈 테니까.

이 길이 벌써 밖으로
이어진다고? 우린 아직
마법사가 이야기한 별밭도
찾지 못했는데.
아무래도
네가 속은
모양인데.

응?
벤!

조금씩 네 윤곽이 보이고
있어. 정말로 여기가 점점
밝아지고 있나 봐!

그러고 보니 정말로
저쪽에서 희미한
빛이 보이네!
나도
보여!

넌 정말
밤눈이
밝구나!

나를 의심했어? 그런데
솔직히 말하면 이 길은 밖으로
이어지지 않는다는 생각이
들기 시작했어.
빛이 너무
푸른색이야.

아, 이런.

별밭이다…

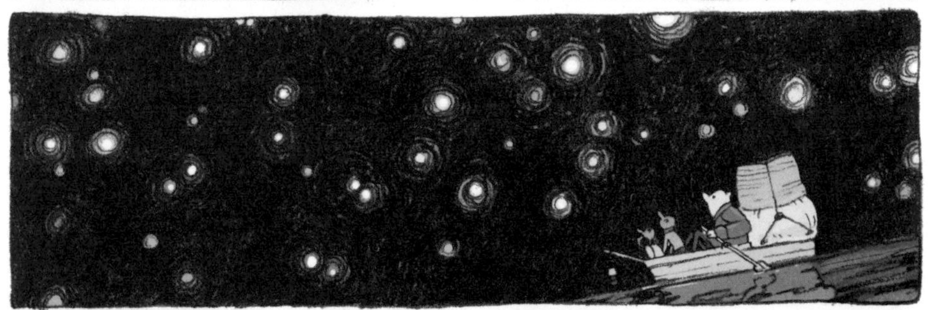

이런 광경은
생전 처음인데.
배를 가운데로
보내 줘. 확인해
보고 싶은 게
있어.

그래, 그럼
멈춰야겠다.
한가운데는
여기쯤일 거야.

세상에, 어떻게
이런 밭을 만들었지?
흠…

시간이 얼마나
많이 걸렸을까.
저거
혹시…

우아.

벤! 마법사가 한 말이
무슨 뜻인지 깨달았어!
그분은 천재야!

진짜 별이라고 믿게끔
약물을 속여야 한다고
했었잖아, 그치?
어,
그렇지…
저 위를 봐.
알아보겠어?

!

북두칠성이다!
이거 별자리구나!

카시오페이아
케페우스
도마뱀
안드로메다
페가수스
삼각형
물고기
양
북반구에서
9월에 볼 수 있는 별자리가
다 있어!

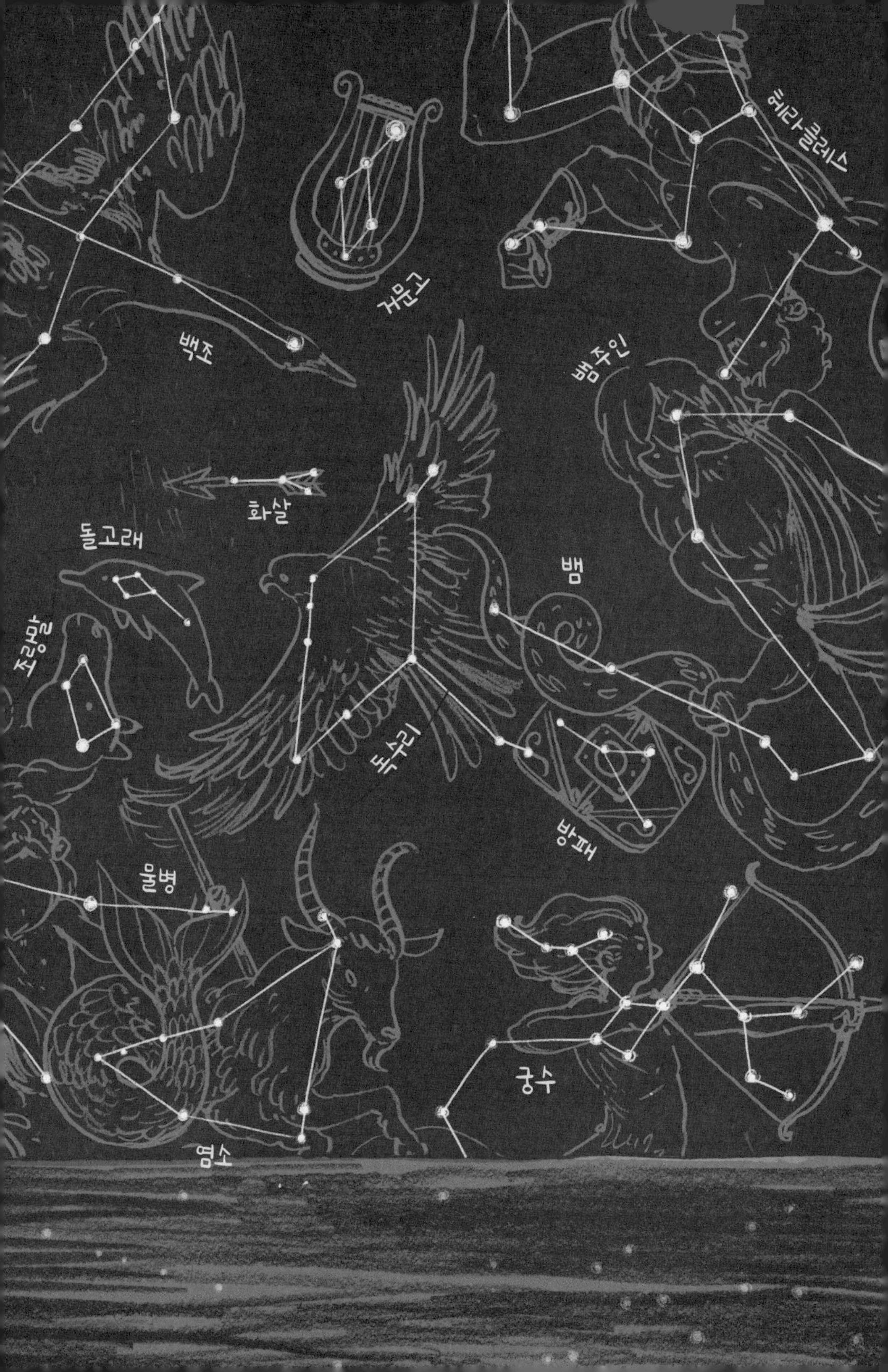

헤라클레스
거문고
백조
뱀주인
화살
돌고래
조랑말
뱀
독수리
방패
물병
궁수
염소

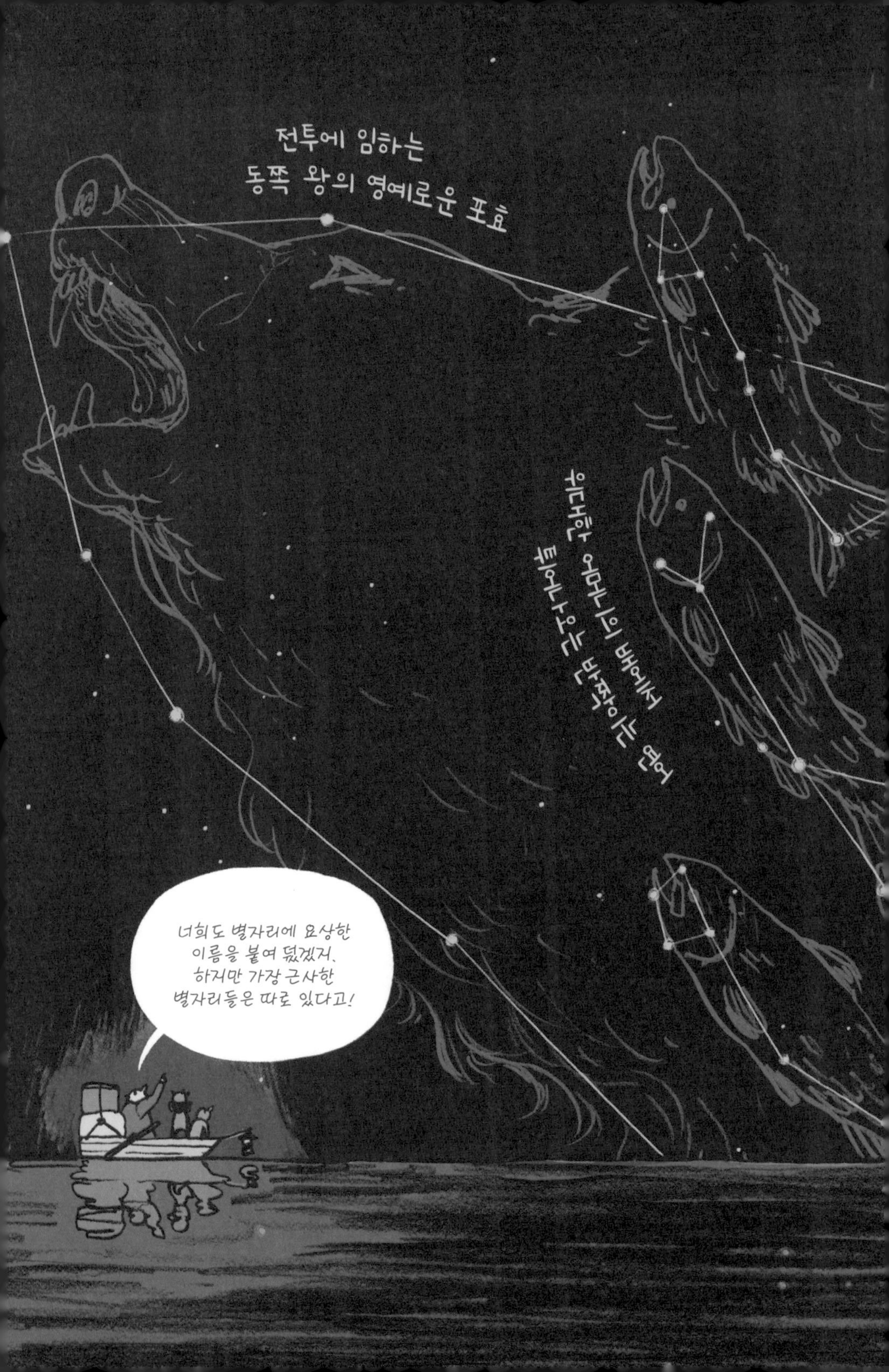
전투에 임하는
동쪽 왕의 영예로운 포효
위대한 어머니의 배에서
튀어나오는 반짝이는 연어
너희도 별자리에 요상한
이름을 붙여 뒀겠지.
하지만 가장 근사한
별자리들은 따로 있다고!

파괴와
재생의 불꽃
용맹한 크라겐의
발바닥
꿀 생산자의
식량
성난 군중
만년 말썽쟁이 때로는
(하지만 협조적인)
친절하고 삼손과 브루투스

그럼… 이제 이 중에서 무엇이 태양인지 찾아야 하는데.
어떻게 찾아! 말 그대로 수천 개의 별이 있는데!
같은 의견이야. 별 보는 게 취미인 나로서도 당최 어디서부터 찾아야할지 모르겠는걸.
불가능하지 않아. 지도가 정확하다면, 태양은 분명 황도의 어딘가에 있을 거야.
어디의 뭐?
?
황도.
한 해 동안 태양이 움직이는 경로를 말해.
재미있네. 그럼 너는 그 황도가 어떻게 이어지는지 알고 있다는 뜻인가, 너새니얼?
응, 어느 정도는.
황도는 황도대에 있는 별자리들을 지난다고 알고 있어.
전갈자리
궁수자리
염소자리

게자리

사자자리
처녀자리
그럼 태양이 있을 만한 곳이 열두 개의 별자리 근처로 좁혀지는군.
그래도 여전히 너무 넓은걸.

어휴, 끝내주네.

왜 그냥 처음부터 커다랗게 표시를 해 두지 않은 거야? 이렇게 써 놓으면 되잖아.
어이, 바보들! 이게 태양이다!

그 마법사는 이걸 다 외우고 있겠지.
우리도 찾을 수 있어.

내가 집어 온
이 책에 분명
지도가 있을 거야.
천문학 책이
있었지!

팔락
팔락
팔락

팔락
팔락

찾았다!

바로 이거지.

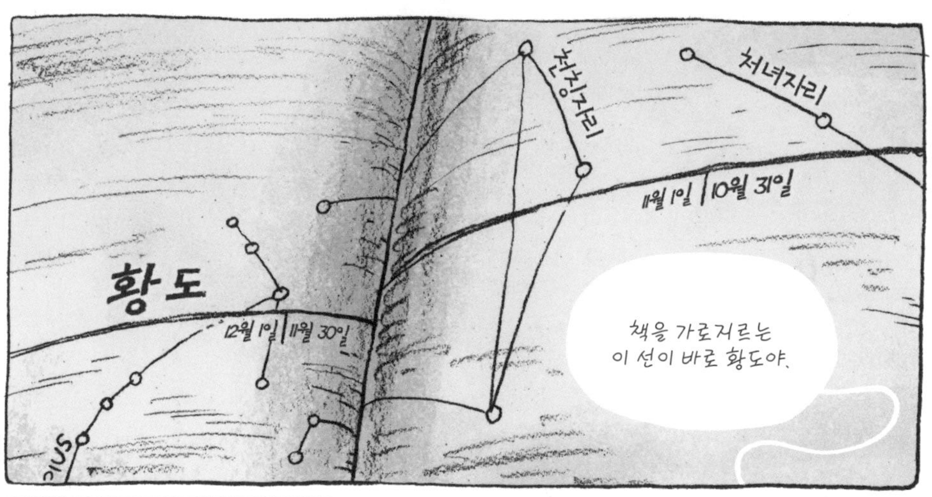
천칭자리
처녀자리
11월 1일
10월 31일
황도
12월 1일
11월 30일
책을 가로지르는
이 선이 바로 황도야.

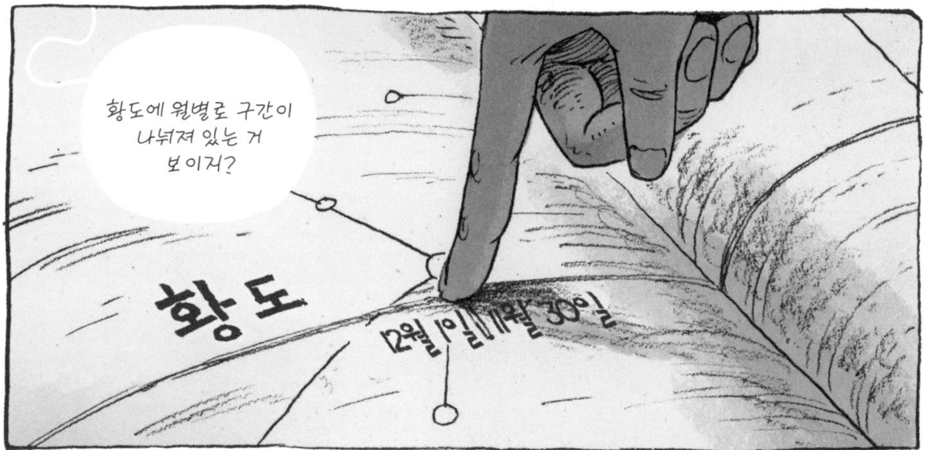
황도에 월별로 구간이
나눠져 있는 거
보이지?
황도
12월 1일
11월 30일

그럼 지금 태양은
9월 구간에
있겠구나.

팔락
바로 그게
우리가
바라는 바야.

날짜에 따라 이 선을 거슬러
올라가니까, 9월 23일은 아마도
여기 어디쯤…
10월 1일
9월 30일
여기다.
처녀자리에
있어.

그럼 이 둘을 비교해서, 책에는 없지만 동굴 벽엔 있는 별을 찾으면 돼.
10월 1일
9월 30일

저것 봐!
저기 있어! 정확히
태양이 있어야 할
위치에 가 있어!

태양을 향해
출발! 속도를
높여라. 돌격!
네,
너새니얼
선장님!
너새니얼,
너는 천재야!
그래? 나는 그저
책을 찾아봤을
뿐인데.

그렇지만 어떤 내용을
찾아야 하는지 정확히
알고 있었잖아. 네가
없었으면 우린 태양이
어디 있는지 결코
몰랐을 거야.

맞아, 너새니얼.
아주 멋진
활약이었어.

좋아, 보트를
멈춰 봐. 내가 태양을
꺼내 볼게.

꾸물럭

우아아아아!
따뜻해!
징그러워!

하하! 완전 물컹거려.

자아아아아, 찾던 것을 얻었으니 이제 슬슬 출발할까?

아직 아냐. 이 타이머가 음… 16분 후에 울릴 때까지 기다려야 해.

15:43

흠, 그동안 아무 데도 갈 수 없다면… 수영하기 이렇게 좋은 기회를 놓치지 말아야겠군.
여기는 물이 얼마나 깊으려나.

정말로 물에 들어가려고?
겨울이 오면 물이 더 차가워진단 말이야.
툭 툭

풍덩

아이고, 세상에,
물이 얼음장이네!

너희도 들어와! 처음엔 차갑지만 점점 괜찮아져!
그렇게 힘들여 설득할 필요 없어!

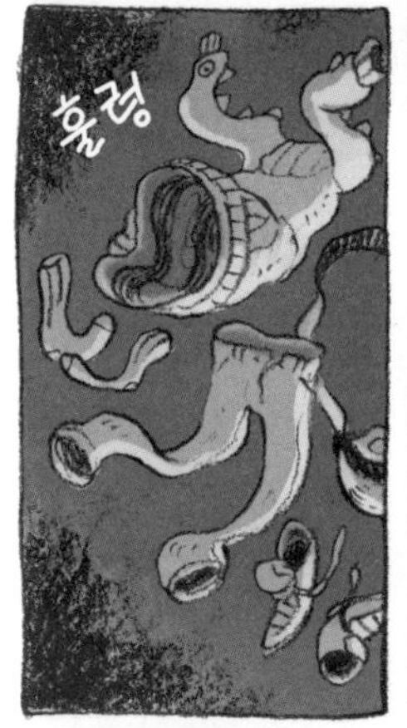
훌렁

이야호!

풍덩

여기
환상적이다!
진짜로 우주 속을
헤엄치고 있는
기분이야!

우리 아이들도
이 광경을 볼 수 있다면
좋으련만!

어서 와,
벤!

난 보트에 있는 편이 좋아.
에이, 어서
들어와아아아아!

오늘은 감기에
걸리고 싶은
기분이 아닌데.

감기 안 걸려!
너새니얼, 이쪽으로
와 봐. 내가 물 위로
던져 올려 줄게!

하하하!
꽉 잡아!
좋아,
준비 완료!
이제
숨을 참아!
하아아압.
끄르륵

부우우우우우우우우우우우우
촤아아아아아앙
푸웅덩
짝
짝
짝
짝
멋지다.
이거, 엄청, 재밌다!
벤, 너도 해 봐야 돼!
들어와!
에이,
글쎄…

벤, 굳이 강요를 하지는 않겠지만,
지금 물에 들어오지 않으면 앞으로
오늘을 떠올릴 때마다 "그때 나도
물에 들어가 볼걸." 하며
후회할 거야.
내 말을 믿어.
난 나이도
많다고.
인생을
좀 알지.

푸학!

벤!

저기 봐, 벤!
마법사가 심지어
안드로메다은하까지
만들어 뒀어!
저기 보여?

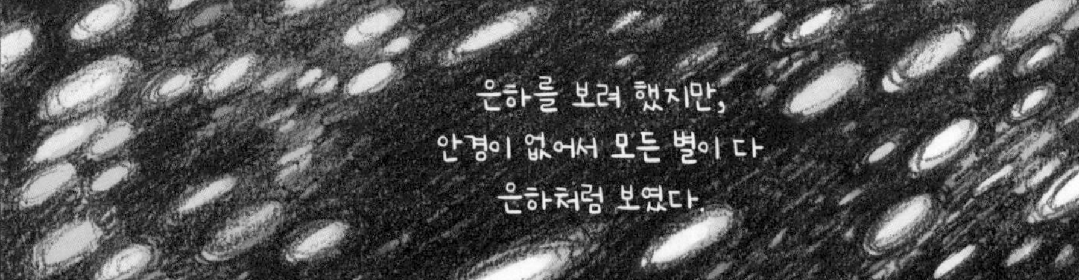
은하를 보려 했지만,
안경이 없어서 모든 별이 다
은하처럼 보였다.

누군가가 빨리 웜홀을
발견해서 우리도 다른
우주를 방문할 수 있었으면
좋겠다.
우주로 나가면
뭘 보게 될까?

성운, 항성계,
수십 억 개의 행성들…
여기랑
마찬가지겠지.

아니 다른 행성에는 뭐가 있을까? 너도 외계에 정말 생명체 혹은 다른 무언가…가 존재한다고 생각해?
누군가가 있긴 있지 않을까?
그럼 걔네도 하늘에 있는 우리 은하계를 바라보면서 저기엔 누가 살고 있는지 궁금해할까?
그럼 우리가 메시지를 보내면 어때?
금으로 된 음반에 지구인의 소리를 담아 갔던 보이저호처럼 말이야. 하지만 우리가 살아 있는 동안 그들에게 닿을 수 있도록 우주선에 담아야겠지.
그래…
이 우주에 그들만 있는 게 아니라는 사실을 알려 주기 위해서 말이야.

수프 맛은
어때?
정말 맛있어.
고마워.
금세 몸이
따뜻해질 거야.
식기 전에 어서 먹어.

거기 너무 오래 있지 마.
이 타이머가 울리자마자
떠날 수 있게 준비해야 해.
후루룩

알겠습니다!

홀짝

너새니얼?
응?
아까
있잖아…
…응?

다른 애들이 다 너를 놀릴 때 내가 네 편을 들어 줬어야 하는데. 그럴 용기가 없었어.

걱정 마, 나도 이해해. 우리가 친구인 줄 알면 걔네들이 너도 나랑 비슷하다고 생각할까 봐 무서웠던 거잖아... 그러면 걔네가 너도 마구 놀릴 테니까.
혹시 알아? 걔네들하고 친해지고 싶었다면 나도 똑같이 그랬을지도 모르지.

걔네들하고 친해지고 싶지 않은데 왜 우릴 따라왔어?

네가 걔들하고 같이 있었으니까.

정말?
다른 애들은 다 돌아갔는데도 너만 끝까지 남았잖아? 나는 그 약속을 끝까지 지킬 사람은 너밖에 없을 거라고 이미 짐작하고 있었어.
그리고 결국 내 짐작이 맞았지!
삐빅
삐빅 삐빅
삐빅 삐빅

왈 왈 왈 왈 왈 왈 왈
타이머 울렸다! 이제 가야 해!
지금 갈게!

왈 왈 왈 왈 왈 왈 왈

왈 왈
서배스천!
왈 왈

헉 헥
넌 어디로 놀러 갔는지 물어보려던 참이었어!

이 따뜻한 재료를 병에 담으려는 참이었는데 딱 맞춰 왔구나, 친구!
내 손에 닿지 않게 해 줘.

흐음…

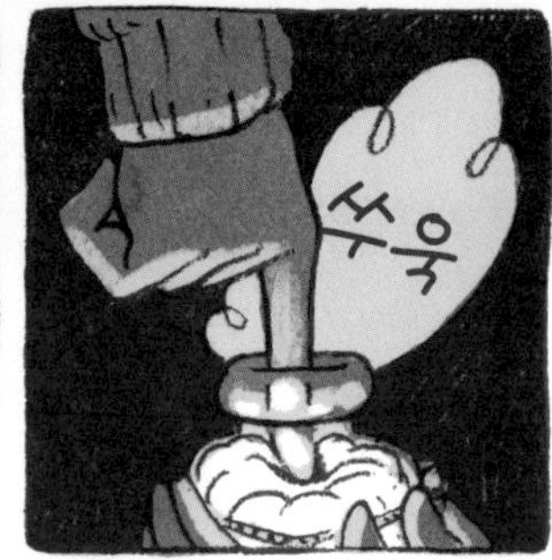
쑤욱

이런… 빛이 점점 죽고 있어.

우리가 뭘 잘못…

화아악
…골랐나?

우아.
서둘러! 빨리
주머니에 넣어!
넣으려고
하고 있어!

들어갔다!

그럼… 이제
작별 인사를
해야겠지?

작별 인사 알아? 너는
그 병을 집으로 가져가야 해!
아무래도
간식을
달라고 하는
눈치인데.

왈 왈

간식을 기다리는 거야?
우리 엄마가 만들어 준 과자 줄까,
친구?
왈 왈
살랑
살랑
살랑

덥석

왈
왈

음…
…잘 가?

쏴아아아아악
가자!

탈
탈 탈 탈
탈 탈 탈
탈
으엑!

자, 어느 쪽이
출구지?

바다는 북쪽이니까,
출구도 북쪽에
있겠지?
그 나침반 아직
가지고 있어?

저런, 아쉽게도
방향 보고 나서
잎사귀를 버렸어.
북극성!
북… 뭐?

북극성!
이 별 지도는
아주 정확하니까,
분명 저 북극성도
북쪽을 가리키고
있을 거야!

반가운 소식이군!
잠깐만, 코트를
마지막 단추까지
다 잠그고…
그러면
출발 준비
끝이야!
달가닥
아, 이봐. 우리가
목도리의 매듭도
다 풀었어.
이번엔 네 바구니에
잘 넣어 두기까지
했어!

멋지군!

이번엔 마구 뭉쳐
바닥에 던져 놓지
않아서 고마워.
둘둘

그리고 너희가 드디어 그 끔찍한 곰 모자를 벗기로 해서 매우 기운이 난다는 점도 꼭 말해야겠군.
아, 역시 그게 거슬렸구나!
그럼, 당연히 거슬리지!
내가 죽은 사람의 머리를 쓰고 있으면 너희들 기분은 어땠겠어?
그게 싫었는데도 왜 우리에게 아무 말 하지 않았어?

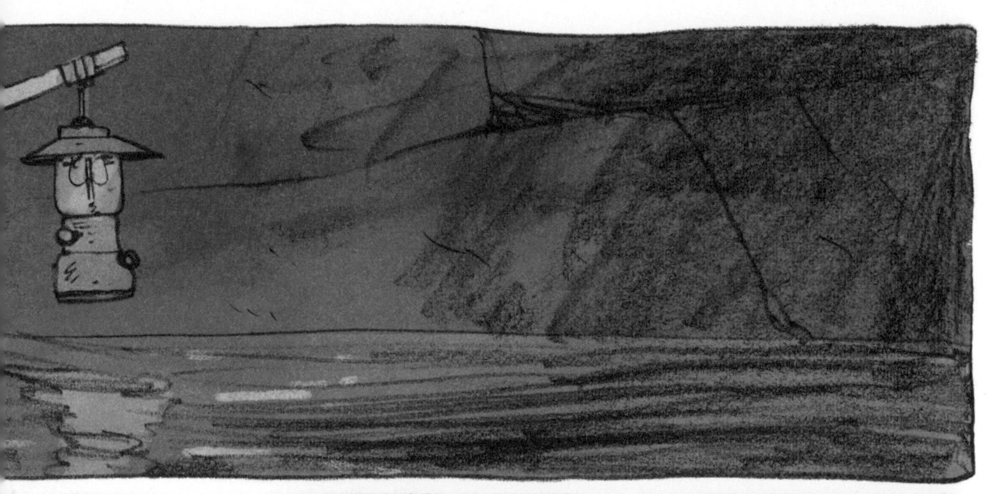

너희 둘이 좀 더 친해질 필요가 있어 보였는데, 같이 곰 모자라도 쓰면서 가까워지나 싶었거든.
비밀 클럽이라도 결성했나 했지.
하지만 제발 그런 건 다시는 쓰지 말아 줘.

어디선가 바람이 불어오지 않아?
나도 느꼈어!
점점 바다가 가까워지고 있나 봐!

7장 중력파

동쪽으로! 해안을 향해! 서둘러!
가능한 한 빨리 노를 젓고 있어. 하지만 보트를 통제할 수가 없어!
얘들아!
저 달 좀 봐!

월식이야! 약물의 힘으로
달이 지구의 그림자 속으로
들어갔나 봐!
설마,
그럴 리가!

원래 월식은 석 달 후에나
있을 예정이었는걸!
그런데 지금
일어났다면 다른
이유가 뭐가
있겠어?!
그래서 이렇게
파도가 거센가?

철썩
달이 갑자기 움직였으니
달이 바다에 미치는 인력에도
급격한 변화가 일어났겠지!
그럴 수도
있어!
그래서 지금 밀물이
그 변화에 적응하기
위해 요동치는 거야!

이 월식의
영향은 그뿐만이
아니야!
하늘의 별들이 얼마나 밝게
빛나는지 봐! 은하수도 선명히
볼 수 있어! 위대한 마법사가
예상한 그대로야!
하아아.
괜찮아? 얼굴이
창백해졌어!

곰은 원래
바다 항해를
하지 않으니까!

저 수평선을 바라봐!
차멀미 날 때
그렇게 하면 한결
편해지던데!

파도가 너무 높아서
수평선이 안 보여!

으아아아아!
점점 심해져!
음, 그래도
보트에 토하면
안 돼!

내 바구니에 멀미약이 있어!
혹시 누가 그것 좀…
으어어어억
…꺼내 줄 수 있어?

꺄아아아아아아악

이거야?

뭐라고
쓰여 있어?

위대한 마법사의
흔들림 진정제!
위대한
마법사의
흔들림
진정제!

그거야!
이리 줘 봐!
위대한
마법사?
그건 어디서
났어?

우리가 먹는 약은 전부
아내가 매달 신비한 약사가
보내는 제품 목록을
보고 주문해!
뽁!

세상이
좁구나!
홀짝

크아아아아
아앗?
왜 그래?
맛이
이상해?

누가 혓바닥을
마구 공격하는
맛이야!
벅
벅
그래도 효과가
있어? 속은 좀
어때?

똑같아.
아니.
더
심해졌나?
이쪽 쳐다보지 마!
나 점심도 많이 먹었단
말이야!
위대한 마법사가 만들었으니
진짜 잘 듣는 약일 텐데!

에이이이잇!
소용도 없잖아!
휙
무슨 짓이야?!
다 마셔야 효과가
나는 약일지도
모르잖아!

촤아아아아

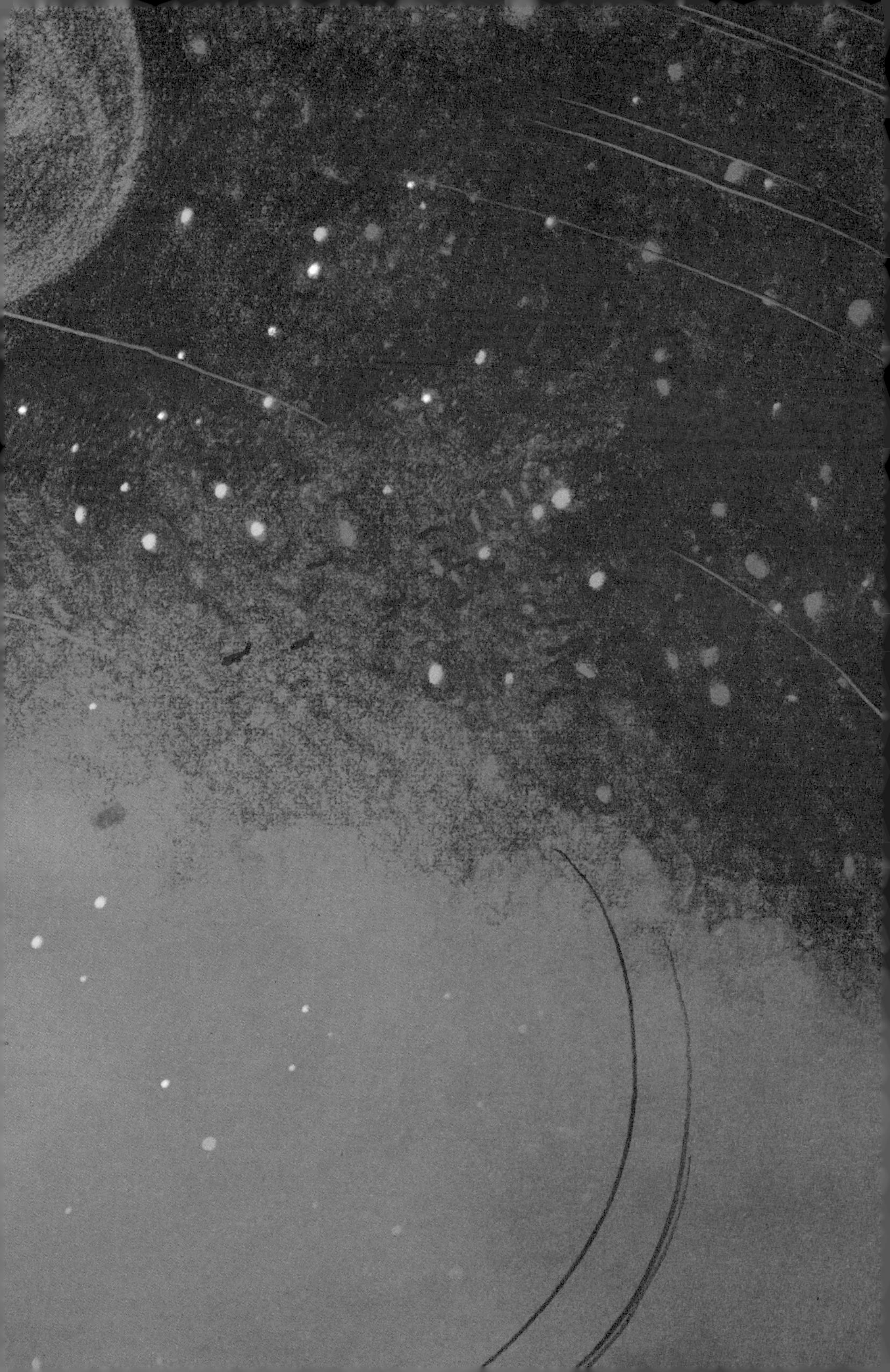

정말 엄청나다!
어이, 이봐!
약병에 마시라고 쓰여 있었어?

글쎄? 잘 몰라. 사용법을 읽어 달라고 하지는 않았잖아.
그리고 지금은 알아볼 길이 없고…

…병이 바다에 가라앉아 버렸으니까.

그러게, 바다에 쓰레기를 버리다니.

그래도
결국엔 제대로
썼잖아.
그렇지?
방금 전까지만 해도
격렬하던 파도가
순식간에…
잠깐.

그 약에 독이
들었으면
어떡해?
내가 죽을 수도
있잖아!

음, 지금 독이
퍼지는 느낌이야?
얘들아,
저거 보여?

음, 아니. 독을
마신 것 같지는 않아,
너새니얼.
하지만 내가 아까
죽을 수도 있었다는
말이지.
잠깐만
조용히 해 줘!
저쪽을
한번 봐!
저게
뭐야?!

저건… 헉!
아무래도 저건!

우리의 등불이야!

등불들이
바다로 나오고
있어!
그럼…
이게 끝인가?
등불은 결국
바다에 도달하고
끝나는 건가?

하지만…
그건 너무…
시시한데.

음, 너무
낙심하지 마.
이봐!
벌써 배를
돌리는 거야?

갑자기 돌리면 어떡해!
아직도 멀미약 때문에 우리한테 화나서 그래?
나는 노를 물에 담그지도 않았어!
보트가 다시 동굴 안으로 들어가고 있어!

보트를 멈춰!
그러려고 하고 있어!

아무 소용이 없어!
보트를 당기는 힘이 나보다 훨씬 세!

벤!
마법사가 눈치챘나 봐! 내가 도망간 걸 발견한 거야! 내가 일을 잘 하고 있는지 창고에 내려왔었나 봐!
우리를 다시 데려가서 마저 일을 시키려고 하는구나!

배를 버릴 준비를 하라!
네, 알겠습니다!
질끈
꽈악
투욱
좌악
모두들 바구니로 이동!

우린 이제
여기에 갇힌
거지?
넵.
아아아아,
거의 다 왔는데!
좋아.
진정해.
잠시 생각을
해 보자. 여기서
빠져나갈 방법이
분명히 있을 거야.
바구니를 매달고
해안으로 헤엄쳐
갈 수 있겠지.
하지만
그러려면 시간이
정말 오래
걸릴 테고.

음… 긍정적인 면을 보려고 해 보자.
바구니를 타고 바다에서 조난당한 상황의 긍정적인 면?
그래도 너희 등불의 운명은 드디어 밝혀냈잖아.
조금 기뻐해도 되지 않을까?
저게 진짜 우리의 등불이라면 그렇겠지.

그 점이 조금씩 의심스러워지고 있어.
저 빛이 아까보다 훨씬 가까워진 것 같지 않아?

듣고 보니 그러네.

쫑긋

쉬이이, 들어 봐.
웃음소리가 들려.

어이, 거기!

작물이
무르익었네!
우리 축제에
함께하지
않겠는가?

도대체 왜?
아주 훌륭한 다과가
준비되어 있을 텐데!

밥을 챙겨 줘야 하는
아이들도 있고, 잡아야 할
물고기도 있거든요.

그리고 이제 보니
따라가야 할 등불도
있네요!

그것
참
아쉽구나.

깨달은 자이신가요?

흐으읍
후우우우우

!
무슨 일이야?
저분이 지금
무슨 짓을 한 거야?!
아무래도…
우릴…
도와주려
한 것 같아!

지금이 기회야!
하지만 돛이 없어서 이 바람도 별 소용이 없어!
툭
벤! 이 끝을 잡아!
너새니얼! 넌 이쪽을 잡고!
자, 꽉 잡아야 해!
불룩

쿠웅

촤아아아아아아아악

하하하하하하

슈우우우우우

8장
길 저편으로
조금 더 멀리

길이다!
우리가 바로 그 위를 지나고 있어!

돌아!
돌아!

흐앗!
파악

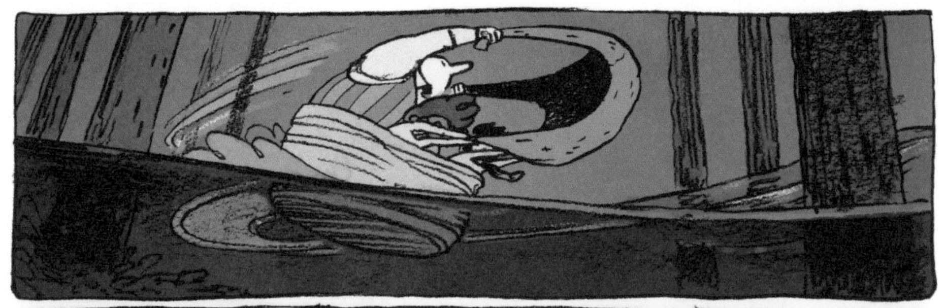

저 앞을 봐!

계획이 무엇인가요,
선장님?

첫째! 속도를 줄일 수 있도록 코트를 봐!

펄럭
펄럭

둘째! 육지에 닿자마자 너희는 바로 바구니에서 뛰어내려서 자전거를 건지도록!
그럼 너는?

내 걱정은 안 해도 돼.
BUTTON

그저 가능한 한 빨리 저 언덕으로 올라가라고!

이야아압!
쿠다타탕

괜찮아?
자전거!
자전거를 건져!

쑥

나도 바로
쫓아갈게!

됐어, 너새니얼!
이제 거의 다
해냈어!

강물 소리가
들리는 것 같아!
서둘러!
분명 바로
이 언덕
너머에…
헉헉
…있을 거야!

헉헉!
하지만
더 올라갈 수…

…있을지…
헉헉

…모르겠어.

밑에서는
이렇게까지 가팔라
보이지 않았는데!

다리가
터질 것 같아!

으르르르릉

그렇게 발을 질질 끌때가 아니야!
타악

자!
올라타!

날아간다!
너새니얼,
저기 봐!

탁
세상에!
탁

등불이야!

이번엔 진짜
우리 등불이다!
우리가 해냈어, 벤!
정말로 해냈어!
내가 강물 소리가
들린다고 했잖아!!

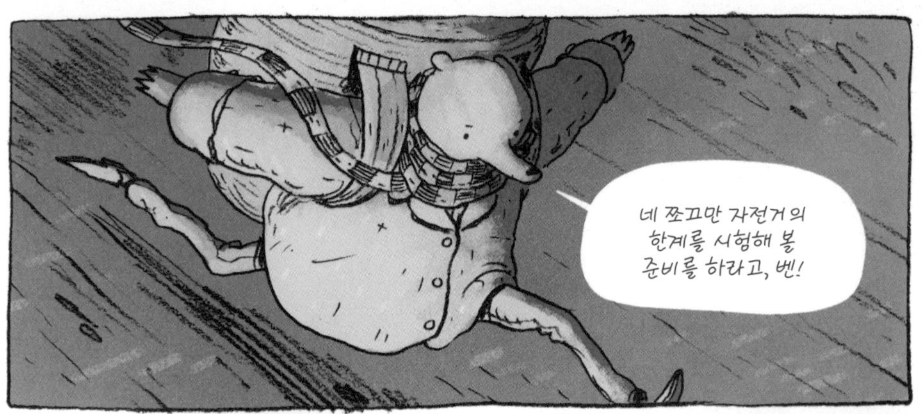
네 쪼끄만 자전거의
한계를 시험해 볼
준비를 하라고, 벤!

뭐?!
너새니얼도
있잖아?
걔는 너무
앞에 있어!

좋아,
하지만 잠깐!
이제 간다!
잠깐! 내가
아직 준비가…

…안 됐어.

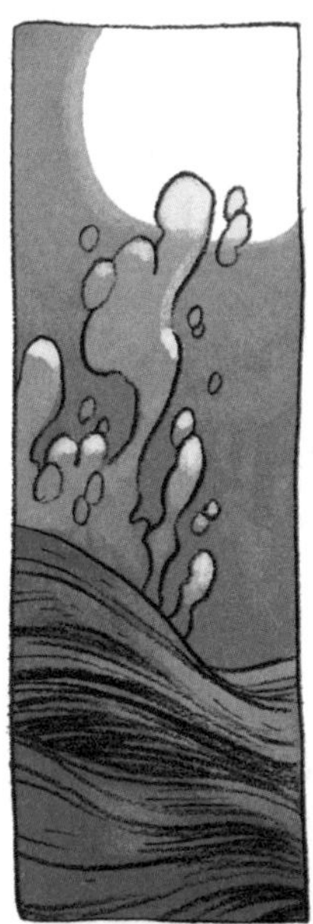

!

철썩

너도 저거 봤어?
분명히 저 등불 중 하나가…

튀어 올랐어!
그럴 리가!

이제 시작이군.

낚시 장소에
다가가고 있어!
속도를 높여, 벤!
등불을 앞질러야 해!

속도를 높여, 벤!
최대한
빨리 가고 있어!
네가 너무
무겁다고!

알았어!
헛!

핫!
엇!

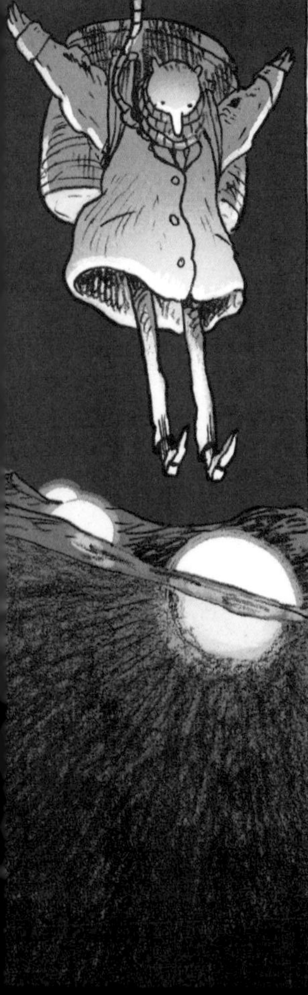

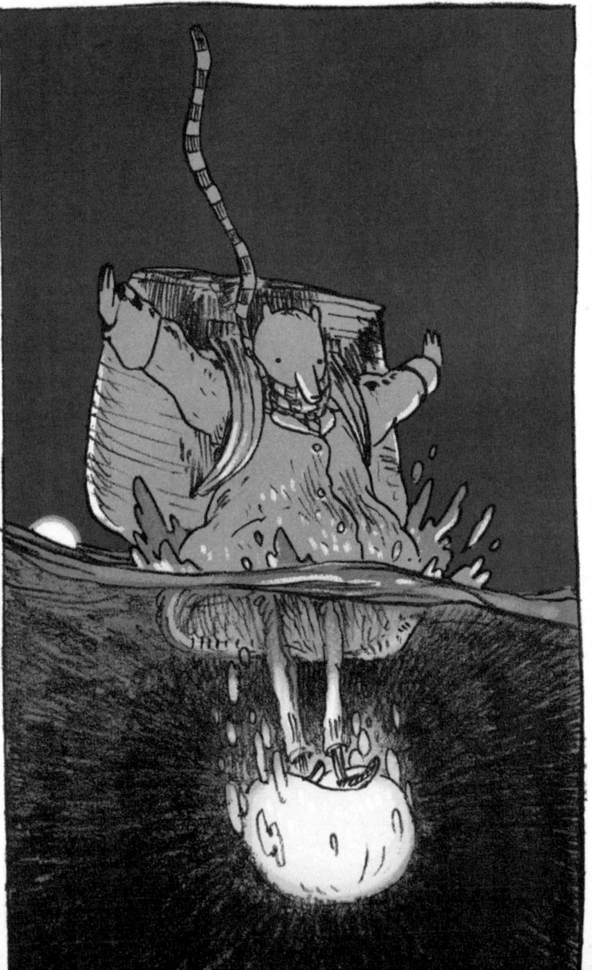

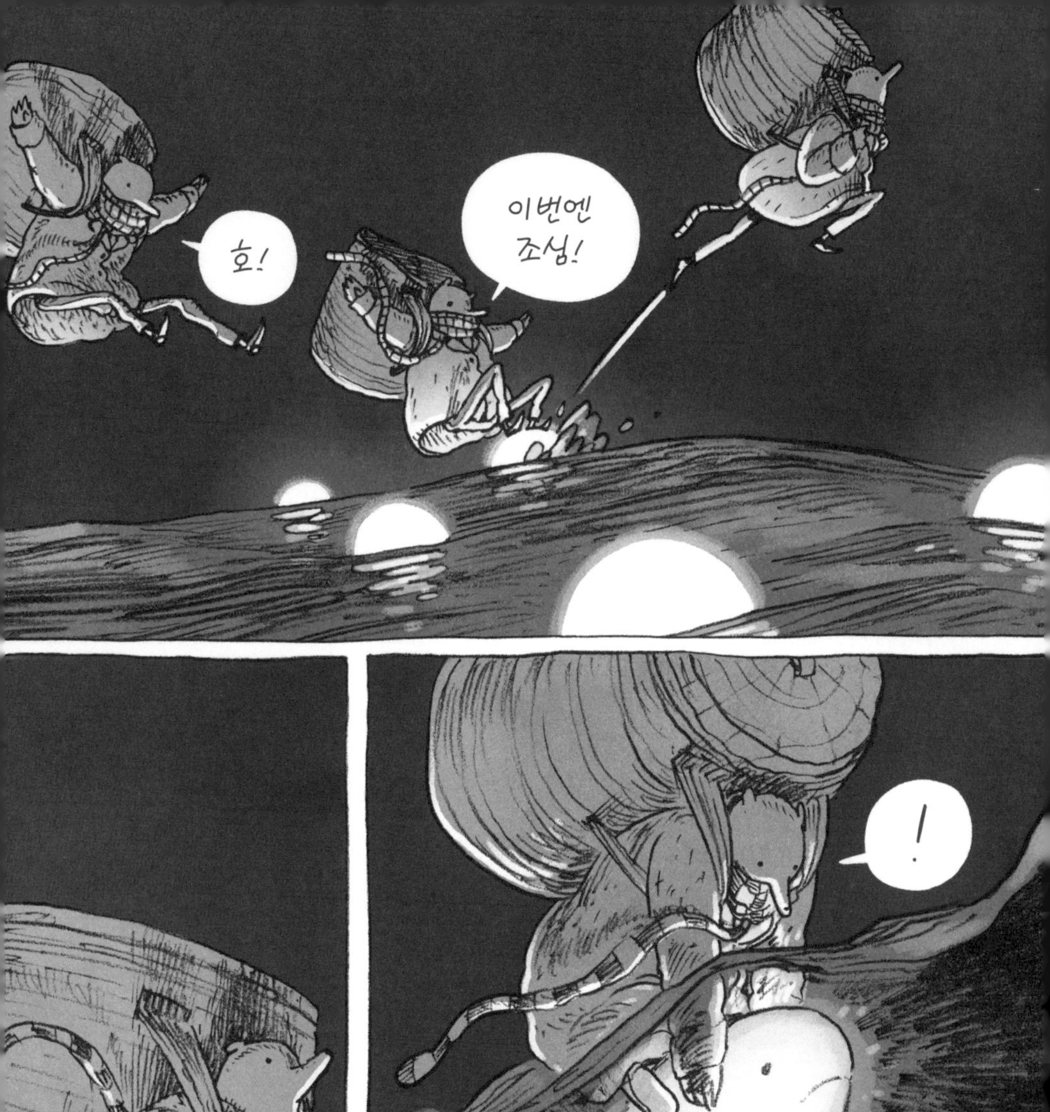
호!
이번엔
조심!

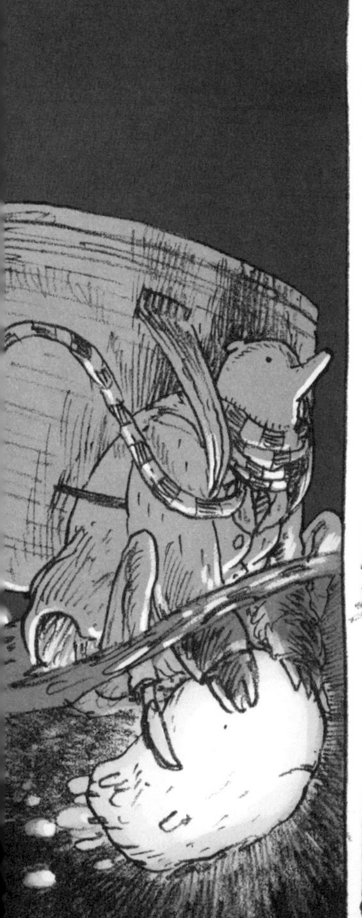

!

야!

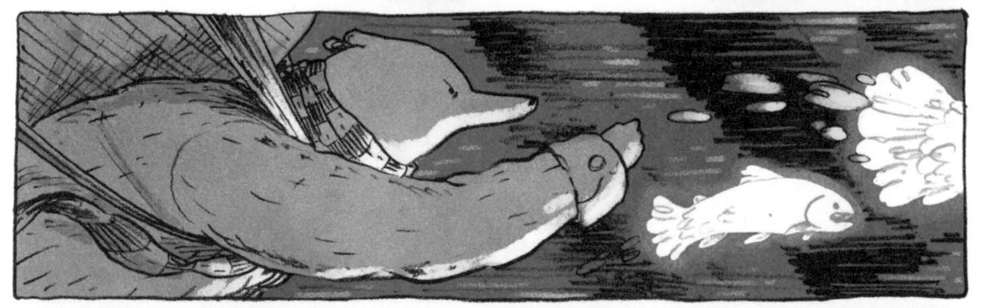

세 바위다!

바로
여기야!
히야아아!

내 바구니
뚜껑 좀 잘 맡아 줘,
알겠지?

잡았다!
잘했어!

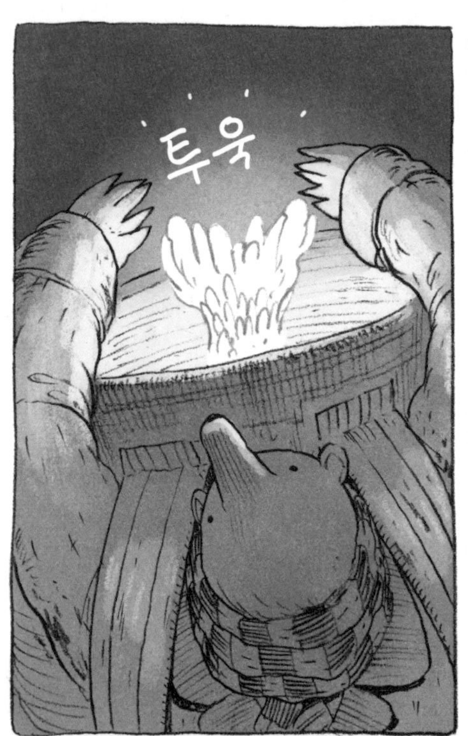
투욱

잡았다!

그가 고기 잡는 모습을
우리는 넋을 놓고 바라봤다.

꽈악!

그가 잡은 고기가
거대한 바구니로 들어갈 때마다
눈을 뗄 수 없었다.
들어가랏!

타악
슈우우우우우우

하나,

잡고

그다음
또 하나

잡고

또 하나 더.

잡았다!

나머지는
다 저렇게
가 버리는군.

보고 있어, 벤?

내 눈을 믿을 수 없었지만,
정말로 보고 있었다.
그들은 너무나 가뿐히
날아올라 별을 향해 가고 있었다.

우리도 원하기만 한다면
얼마든지 그들과 함께 갈 수
있을 것만 같았다.

헉헉
헉헉

후유!

너희들…
헉헉
내가 고기 잡는 거 봤어?

정말, 끝내줬어!

고기 잡는 법을 어떻게 그렇게 정확히 알고 있어?
본능이지! 이래 봬도 내가 곰이잖아.

고맙네,
친절한 양반.
정말이지…
근사한 낚시 장소만큼
내가 살아 있음을 실감하게
해 주는 곳은 없는 것 같아!
하아.
35년 내내 이 순간이
과연 어떤 느낌일지
상상했었지.
결국 아버님이
들려주신 이야기
그대로였네,
그렇지?
내가 꿈에 그리던
것보다 훨씬 더 훌륭하고
아름다운 경험이었어.
맞아…
나도 그래.

너희 둘을 만나서
정말 다행이야.

그렇지 않았으면
올해는 아무것도
못 잡았을지 몰라.
툭툭

자전거
태워 줘서
고마워.
고장 나지
않았어야
할 텐데.

응?

잠깐,
저걸 좀 봐.
어떻게 시간이
이렇게 완벽하게
맞았지?

부르르르르릉

정말로 내가 차를 태워 주지 않아도 괜찮겠어?
최소한 이거라도 해 주고 싶은데.
고마워, 하지만 우리는 길 저편으로 조금 더 가 보고 싶어.
알았어!
그럼 잘 다녀와!
그리고 앞으로 언젠가 또 마주칠 수도 있으니까.
그래… 그럼 정말 좋겠다.
잠깐! 이것 좀 가져가.

집에 도착하면
아이들하고 나눠 먹어.
이게 뭐야?

엄마가
만든 과자야!

오늘 오후에 만들어서
아직도 바삭바삭해.
쿵쿵.

고마워! 되게
맛있어 보인다!

그를 다시
만날 수 있을까?
아마도? 이젠
우리도 그가 어디서
낚시하는지
알았으니까.

우리 여기에 해마다
오자! 우리 둘이서만.
좋아.

그렇지만 다음번엔 가능한 한
위대한 마법사 근처에는
얼씬도 말아야 해.
맞아,
그래야지.

너새니얼!

어이!

어머님께 이 과자 너무너무
환상적이라고 말씀 전해 줘!

그렇게 말씀을
드릴게!

꼭이야! 그리고
네가 이거 만드는 법도
알려 줘야 해!

그럼! 내년에!

기다리고
있을게!

그리고 우리는 계속 달렸다.

밤이 깊어지도록.
벤.

왜 곰에게 우리가
세계를 일주하고 있다고
솔직히 말하지 않았어?

그러면 너무
걱정할까 봐.
아직 과자가 좀 남았어?
그럼!

아직 많아!
결코 집으로
돌아가지 말 것.

결코 뒤돌아보지 말 것.

Ⓕ 그래픽 컬렉션 Graphic Novel

히마와리 하우스 하모니 베커
플레이머 마이크 큐라토
롱 웨이 다운 제이슨 레이놀즈, 대니카 노프고로도프
밤으로의 자전거 여행 라이언 앤드루스
카프카와 함께 빵을 톰 골드
니모나 노엘 스티븐슨
듣고 있니? 틸리 월든
이별과 이별하는 법 마리코 타마키, 로즈메리 발레로-오코넬
황금 나침반 필립 풀먼, 스테판 멜시오르, 클레망 우브르리
퀸 오브 더 시 딜런 메코니스
머물다 루이스 트론헤임, 위베르 슈비야르
스피크 로리 할스 앤더슨, 에밀리 캐럴
제인 엘린 브로쉬 맥켄나, 라몬 K. 페레즈
몬스트리스 마저리 류, 사나 타케다
라이카 닉 아바지스
아냐의 유령 베라 브로스골

라이언 앤드루스 일러스트레이터이자 카투니스트로 만화, 카툰, 북 디자인 등 다양한 작품 활동을 하고 있다. 몽환적인 색감으로 경이로운 마법과 따뜻한 우정을 담아 낸 첫 장편 그래픽노블 『밤으로의 자전거 여행』은 '아이스너 상' 최종후보작에 올랐으며, 커커스 리뷰 · 북리스트 · 퍼블리셔스 위클리 등 주요 저널에서 주목할 만한 책으로 선정되었다. 현재 가족과 함께 일본에 살고 있다.
ryanandrews.com

조고은 서울대학교에서 국어국문학을 전공하고 동 대학원에서 국어교육학 박사 과정을 수료한 뒤, 영어와 일어 전문 번역가로 일하고 있다. 옮긴 책으로 그래픽노블 『뉴 키드』, 『황금 나침반』, 『써니 사이드 업』, 『어느 싱글과 시니어의 크루즈 여행기』, 『밤으로의 자전거 여행』, 그림책 『나의 젠더 정체성은 무엇일까?』, 『우리는 패배하지 않아』 등이 있다.